Widmung

Mit diesem Buch möchte ich mich bei meiner Frau Ingrid bedanken. Sie hat mit sehr viel Geduld die vielen kleinen Belastungen, die bei solch einem Hobby doch auftreten, ertragen und mich bei der Realisierung sehr oft unterstützt.

Danke

Sonnenberge / Bielsteine
oder
– des neuen Frühlings Morgen –

Eine Betrachtung über Bielsteine im Harz

von Werner Körner

Im Jahre 1946 wurde ich in Westerhausen geboren und bin der Scholle treu geblieben. Nach dem Abitur wurde ich mit Leidenschaft Handwerker in der Elektronik und habe mir dabei die Liebe zur Natur und zum Harzvorland erhalten. Diese so interessante Kulturlandschaft fasziniert mich immer wieder. Ich versuche sie daher in kleinen Büchern mit Texten und Fotos über die Berge, das Wasser, die Mühlen, aber auch über die Menschen und ihre Mundart zu beschreiben. Ich hoffe, dass auch andere interessierte Leser dadurch aufmerksam werden und diese Region lieben lernen.

Bibliografische Information der Deutschen Nationalbibliothek:
Die Deutsche Nationalbibliothek verzeichnet diese Publikation in der Deutschen Nationalbibliografie; detaillierte bibliografische Daten sind im Internet über http://dnb.dnb.de abrufbar.

Impressum:
Auflage: 1. Auflage
Copyright: © 2016 Werner Körner / www.bielstein.jimdo.com
Druck u. Verlag: epubli GmbH, Berlin   www.epubli.de / Selbstverlag
                    ISBN: 978-3-7418-1910-0

Inhaltsverzeichnis:

Thema	Seite
Vorwort:	8
Ein Gedankenspiel:	10
Die Zeitmessung:	12
Als die Christen kamen:	18
Die Bielsteine bei Blankenburg:	19
Von Sonne, Mond und Sternen:	26
Die Sonnenscheiben am Königstein:	29
Ist es nun der Königstein oder der Kamelfelsen:	33
Über Biel, Baldur und Belanus:	35
Es waren doch keine Peilsteine:	38
Das Baseler Belchensystem:	41
Die neuen Kraftorte:	42
Die Kulturlandschaft bei uns:	45

Der Brocken und seine Sonnenberge: 47

A: Der Königstein bei Westerhausen: 50

B: Der Regenstein bei Blankenburg: 57

C: Die „Hohe Sonne": 66

D: Der Kuckucksberg mit Klippe bei Westerhausen: 70

E: Der Scharfenberg bei Westerhausen: 76

F: Der Eselstall bei Westerhausen: 81

G: Die Bielsteinklippe am Ziegenkopf bei Blankenburg 87

H: Die Bielsteinklippe am Klostergrund bei Blankenburg: 92

I: Der Bielsteinberg in Rübeland / Elbingerode: 96

J: Die Bielsteinklippe bei Altenbrak: 101

K: Die Bielsteinklippe bei Wernigerode: 107

L: Bielsteine im Nord-West-Harz: 115

M: Die Bielsteinklippe bei Lautenthal: 115

N: Der Kalenderstein bei Wolfshagen: **121**

O: Der Bielstein bei Stolberg (Südharz) **127**

P: Der Bielstein bei Ilfeld (Südharz): **131**

Die Landmarken: **137**

Bielstein- und Landmarkentabelle: **140**

Die Bielstein - Namensprüfung – einfach ins Blaue hinein: **152**

Orte-Verzeichnis "Bielstein" zur Kartenskizze (auf Seite 22 und 23): **157**

Quellennachweis: **179**

Folgende Veröffentlichungen vom gleichen Autor sind bisher erschienen: **180**

Vorwort:

Der Name Bielsteine erweckt Assoziationen zu etwas Fremden, vorgeschichtlichen. Haben sie eventuell etwas mit unserer Sonne zu tun? Da kommt, durch unsere Entwicklung bedingt, sofort Neugier auf. Wir benötigen die Sonne genau wie unsere gesamte Umwelt, die Pflanzen und Tiere. Der Sonnenschein hellt unser Gemüt auf und gibt uns Wärme bis ins Herz. Sind wir traurig oder betrübt – schon fehlt uns sogar sprachmäßig die Sonne. Wir Menschen benötigen die Gemeinschaft zum Leben. Wir wollen unsere Freuden und Sorgen teilen, das war schon immer so. Auch unsere Ahnen brauchten eine gute Seele, bei der sie Ihr Herz ausschütten konnten. War es nun der Partner oder ein Baum oder ihr Lieblingstier, sie suchten Antworten und deuteten irgendwelche Äußerungen der Lebewesen als Antwort oder Rat. Wetterereignisse wurden ausgewertet und der Sternenhimmel beobachtet. Der wiederkehrende Lauf von Sonne und Mond wurde ausgewertet. Die Beobachter dieser Abläufe hatten ein sicheres Zeitgefühl und gute Vorbildung. Es bildete sich eine Gruppe von Kennern dieses „Kalenderbereiches". Sie wurden in einen priesterähnlichen Stand erhoben und waren in allen Völkern zu finden. Als Dank für Ihr Wissen wurden sie versorgt und belohnt. Sie waren wichtig für die Seelen der Menschen und halfen ihnen, den Alltag zu meistern. Die Beobachtung der Sonnen- und Mondläufe erfolgte im Freien. Wir kennen Ur-Astrolabien in Ägypten und bei den Maya und Inka. Wir wissen von Stonehenge und von Goseck, gab es so etwas auch bei uns? Mich haben über Jahre hinweg Felsklippen hier in unserer Region und ihre Bedeutung interessiert, aber die Quellenlage für solche Nutzung ist sehr schwach.
Die Erforschung der Bielsteine war leider in Deutschland in eine Schmuddelecke gerückt worden und fristet dort ein Schattendasein. Ab der Christianisierung wurde der uralte Glaube an die alten, nordischen

Götter verteufelt und als „Heidenglauben" abgetan. Die Menschen in unserer Region aber haben viele Jahrhunderte oder Jahrtausende mit diesen Göttern und diesem Glauben gelebt. Das sollte plötzlich alles verkehrt sein? Ich kann mir sehr gut vorstellen, dass noch einige Generationen später die letzten Anhänger des alten Glaubens aktiv waren. Wir selber wissen ja auch von Kindesbeinen an, was verboten ist, das reizt besonders. Aus diesem Grunde wurden damals den „Altgläubigen" bei der Einführung des Christentums drakonischen Strafen angedroht. Was uns aber bis heute stellenweise etwas erhalten blieb, sind alte Flurnamen. Flurnamenforscher prägten einst den markanten Satz: Flurnamen sind wie Friedhöfe mit den Grabsteinen unserer Geschichte. Das möchte ich auch so unterschreiben.

Speziell hier bei uns im Harz in der oft zerklüfteten Landschaft findet man Namen, die in der germanischen Götterwelt angesiedelt waren. Leider haben wir in unserer Schulzeit davon recht wenig gelernt. Der Begriff Germanen war durch die Zeit des dritten Reiches und die begleitende Ideologie sehr beschmutzt und nicht mehr salonfähig. Die Namen der „Heldensagen", die früher auch als Vornamen gern genommen wurden, waren plötzlich verpönt und altmodisch.

Mit Erstaunen und Freude habe ich vor wenigen Jahren bemerkt, dass die Stadt Thale hier in der Region einen Mythenweg neu erfunden hat, der an diese Götterwelt erinnert und unsere Region mit ihrem Sagenschatz mit einbindet.

Ich biete hier Informationen zum Thema Bielsteine an, die eine Verbindung zu den Göttern Baldur und Belanus darstellen. Diese Steinköpfe oder Berge waren und sind wichtige Kalendermarken im Sonnenjahr, wenn man sie lesen konnte. Meine Frau Ingrid hat mir über Jahre hinweg dabei sehr geholfen, bestimmte Punkte zu besuchen und das Material in mühevoller Kleinarbeit zusammenzutragen.

Werner Körner

Ein Gedankenspiel:

Bitte beachten Sie, dass ich weder Geschichtsforscher noch Namenforscher und auch kein Anhänger irgendeiner mystischen Ideengruppe bin. Während die ausgebildeten Historiker jedes einzelne Detail zu dem historisch zu untersuchenden Objekt sammeln und in Archiven nach Urkunden und Ersterwähnungen suchen, interessiert mich mehr die Praxis. Ich sehe zum Beispiel bei uns einen Berg und kenne seinen Namen, weiß aber nichts um seine Bedeutung. Nun gibt es Fälle, da tauchen Namen mehrfach auf. Wenn der Name sich auf die Form oder Größe oder Lage bezieht oder eine Nutzung beschreibt, ist es verständlich. Für mich sind auch die Namen interessant, die von umliegenden Bewohnern verwenden wurden und wie sie auf alten Karten eingetragen sind. Das Alter der „alten" Karten ist fast immer jünger ist, als der regional benutzte Name. Die größte Zahl der Karten wurde erst ab 1750 und später gezeichnet. Mich interessierte von der Jugend an unser Königstein bei Westerhausen mit all seinen Rätseln und Geschichten. Viel später folgte dann das Thema Bielsteine hier am Nordharz. Nahe bei unserem Nachbarort Blankenburg existieren 2 Klippen mit dem gleichen Namen relativ dicht bei einander. Das fand ich eigenartig, denn auch die Bergnamen dienten zur Orientierung der Menschen. Dieser Name war somit kein Flurname, sondern er galt dem Objekt selber. Es gab vor einigen Jahren sogar Versuche, von diesen Steinen aus Linien kreuz und quer über unsere Berge zu zeichnen und hat das Ganze mit Sternenbildern unseren Himmels verglichen. Das erschien mir zu abstrakt. Daher versuchte ich eine Erklärung zu finden, die zu Menschen in einfachen Verhältnissen passen kann. Wir müssen dabei immer all die Dinge, die es früher noch nicht gab, im Hinterkopf behalten. Vor langer Zeit gab es weder Uhr, noch Zeitung, kein Radio, kein Fernsehen, kein Kino, kein Telefon. Es gab keine Landkarten, keinen Kompass, kein Fernglas.

Es gab Tag und Nacht, einen Himmel und den manchmal mit und ohne Wolken. Heiß und kalt, Feuer und Frost wurden auch genutzt, wo es sinnvoll war. Man konnte auch schon gut töpfern, weben, jagen, backen und brauen und große und kleine Häuser bauen. Die Schrift war noch nicht üblich und Wissen konnte nur mündlich weiter gegeben werden. Ich gehe dabei davon aus, dass unsere Vorfahren damals praktisch und merkfähig waren und kombinieren konnten. Sie lebten ohne Karten und Kompass, konnten aber sicherlich das einordnen, was mit dem freien Blick sichtbar war. Sie konnten aber garantiert nicht Linien über hunderte oder tausende von Kilometern quer durch Deutschland oder Europa verfolgen, wie ihnen das von einigen Experten heute nachgesagt wird. Solche utopischen Vorstellungen überlasse ich lieber solchen Profis, wie Herrn Däniken, der allerdings auch ganz interessante Denkansätze verfolgt. Für die Menschen der damaligen Zeit war wichtig zu wissen, wann der Winter vorbei und wann mit warmem Wetter zu rechnen ist, denn das wenige Saatgut musste effektiv eingesetzt werden. Wenn das Jahr dann älter und wärmer wurde, war alles andere relativ unwichtig. Irgendwann wurde es wieder kälter, dann kam der Winter. Wann geerntet wird, das bestimmt nicht der Kalender, sondern der Reifegrad der Pflanzen. Wann es kalt wird, merkt jeder selber, aber der Frühjahrsbeginn, das war schon der wichtigste Termin! Deshalb wurde dieser Termin ja auch mit Frühlingsfesten gefeiert, die sinnvollerweise als Beginn des neuen Jahres angesehen wurden. Versetzen wir uns doch einmal gemeinsam etwa in das Jahr 500 oder 1000 vor der Zeitrechnung in unserer Region. Es war die Zeit vor der Völkerwanderung. Unsere Gegend war mit kleinen Siedlungen besetzt. Die Siedlungen waren sicherlich an anderen Plätzen als heute. In dieser Zeit lebten hier verschiedene germanische Stämme, wahrscheinlich die damaligen Sachsen. Sie hatten technologisch noch die Bronzeverarbeitung. Von Süden her drängten aber Völkerstämme, die schon das Eisen verarbeiten konnten. Die Bewohner hier lebten in Siedlungen, von denen mehrere einen Stammesverband bildeten. Diese Größe war sinnvoll, da das jagdbare Wild für kleinere Gruppen leichter zu beschaffen war.

Die Viehzucht war im Entstehen und die ersten domestizierten Rassen wurden genutzt. Es bildete sich ein immer konkreteres Gemeinschaftsleben heraus, das aber auch gewisse Regeln brauchte. Sicherlich gab es einen Dorfältesten und der hatte Berater, Experten und erfahrene Mitbewohner. Die ersten Berufsrichtungen hatten sich schon herausgebildet, es gab Maurer, Zimmermänner, Weber, Schmiede und Hirten. Die generellen Fähigkeiten zum Erhalt für Haus und Feld hatte aber jeder zu bringen.

Die Zeitmessung:

Wie war es denn aber damals mit der Zeitmessung! Man kannte die Länge eines Pulsschlages, den Tag, die Nacht und die Mondphasen, aus denen sich später die Monate entwickelten. Man kannte die Sonnenbahn und damit auch den Jahreslauf. Weiter bekannt war die Tragezeit der wichtigsten Haustiere. Man wusste auch, wann die Wildtiere trächtig werden. Das reichte auch für die gröbsten Datierungen aus. Einige der wenige Experten konnten sicherlich mit einer einfachen Sonnenuhr umgehen. Der Tag und die Nacht wurden damals in je 12 Stunden eingeteilt, die dann je nach Jahreszeit unterschiedlich lang waren. Es gab auch schon die ersten Vorläufer der mechanischen Uhren, in dem man Wasserbehälter kontrolliert leer laufen ließ. An Hand der jeweiligen Wassermenge konnte man den Zeitablauf etwas messen. Eine andere Möglichkeit war das Vergleichen der Zeit mit einer abbrennenden Kerze. Man markierte dazu den Schaft von Kerzen mit Querstrichen und war in der Lage, die Zeit etwa abmessen. Damit konnten die Kundigen ermitteln, wann Tag und Nacht gleichlang waren. Diese Messmethoden waren aber nur den Gelehrten an einigen Höfen vorbehalten. Die Kerzenmethode dürfte aber doch mehr bis zu den allgemeinen „Durchschnittsgelehrten" vorgedrungen sein. Sie stammte ursprünglich wohl aus Persien bzw. dem Orient.

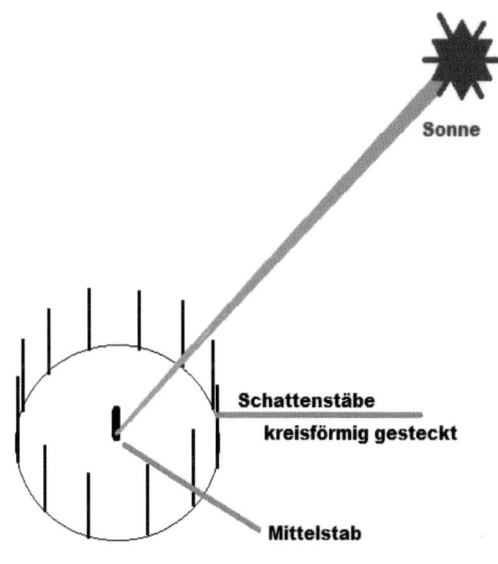

Sonnenkreis mit Schattenstäben

Bei einer Kerzenuhrmessung wurde dann die Länge des Tag- und Nachtstummelrestes verglichen.

Sie war relativ leicht nachvollziehbar und wurde etwa ab 500 n.u.Z. in Europa an den Höfen genutzt. Wesentlich älter, aber langwieriger ist die Methode des Sonnenkreises mit Schattenstäben. Hierzu wurden in einem größeren Kreis stabile Holzstäbe um einen kürzeren Mittelpfahl gesteckt und dann täglich immer zu Sonnenaufgang und Sonnenuntergang aus der jeweiligen Richtung über die Stäbe geschaut, eventuell ein Strich gezogen. Es dürfte eine Urform der Kreiswallanlagen sein, die mit Toren und Marken versehen waren, wie zum Beispiel bei Goseck. Der Vorteil war hierbei, dass man optisch die Annäherung an diese Sonnenbahn - Punkte sehr gut verfolgen konnte. Lagen sich im Kreis Sonnenaufgang und Untergangs- linien genau gegenüber, so hatte man den Frühjahrs- bzw. identischen Herbstanfang ermittelt. Wurden die Schritte der Sonne von Tag zu Tag immer kleiner und kehrten dann um, hatte man denn Sonnenwendepunkt erkannt. Diese Punkte treten ebenfalls zweimal auf, jedoch in unterschiedlichen Richtungen. Je größer der Kreis war, umso genauer war der Zeitpunkt. Mit etwas Geschick konnte man diese Erkenntnis auf passenden Berge in der Region übertragen und sich diese Stellen für die nächsten Beobachtungen merken. Diese damals gefundenen Geländepunkte, die Landmarken, gelten bis heute. Hier im Nordharzgebiet, sind die Voraussetzungen dafür ideal. Man hat freie Sicht rundum und sehr viele markante Berge am Horizont. Vom Königstein hier bei Westerhausen aus gesehen geht die Sonne zum Frühjahrspunkt genau hinter dem Brocken unter und am nächsten Morgen über dem Lehof bei Quedlinburg auf. Diese astronomischen Punkte stimmen jedes Jahr exakt auf den Tag. Auf der Nordseite des Königsteines befindet sich am Rücken des ersten Kameles ein in den Fels geschlagener Halbrundbogen mit einem Sitz. Von hier aus sah man früher die Sonnenauf- bzw. –untergänge zur Sommersonnenwende. Leider sind die vor 60 Jahren hier am gesamten Berg neu gepflanzten Bäume heute so hoch gewachsen, dass man zum Beobachten jetzt erst oben auf einen der leichter begehbaren Felsen klettern muss.

Ausgeschlagene Bogennische auf der Rückseite der zweiten Klippe am Königstein bei Westerhausen.

Dieser Bogen im Felsen erscheint mir allerdings doch etwas primitiv oder provisorisch gearbeitet. Er ist nur etwa 5 cm in das Gestein eingetieft. Ich vermute, es war ein letzter Versuch. Man hatte sich einen Ersatz geschaffen, um die Sonnenauf- und untergänge zur Sommersonnenwende wieder zu beobachten, nachdem die große Felsklippe im Osten des Berges zum Kirchenbau bereits abgetragen war und deshalb der uralte Beobachtungspunkt dort nicht mehr bestand. Wurde ein neuer Wohnsitz oder Siedlungsplatz für die Gemeinschaft angelegt, dann benötigte der „Himmelskundige" sicher erst einmal einige Zeit, um sich in der Umgebung, also am Horizont Marken für seine wichtigsten Merkpunkte des Himmels zu finden. Er war sehr gut ausgerüstet, wenn er etwas ähnliches, wie die vor wenigen Jahren erst wiederentdeckte „Himmelsscheibe" von Nebra hatte. Damit konnte er gewisse feste Punkte am Horizont anpeilen und sich die wichtigsten Marken suchen. Solch eine ähnliche Scheibe wurde vor einigen Jahrzehnten auch bei Halberstadt gefunden, diese ist jetzt im Landesmuseum Halle. Waren nun aber keine Marken am Horizont vorhanden, dann musste man sich solche an den richtigen Stellen bauen. Man konnte dazu Steine anhäufen oder massive Holzsäulen setzen und langlebige Bäume pflanzen. Das war eine wichtige Aufgabe und diese wurde sicherlich gemeinsam ausgeführt. Solche Tätigkeiten hatten für den Alltag lebenswichtige Funktionen und wurden hoheitlich von einem klugen Anführer geleitet.

Natürlich hatten die wichtigeren Herrscher der damaligen Zeit an ihren Höfen Schreiber, die ihre Urkunden und Briefe verfassen und auch lesen konnten. Das einfache Volk im Lande lebte aber ohne diese Möglichkeit. Man hatte in diesen Siedlungen normalerweise kein Jahr, kein Datum und keine Urzeit nötig und trotzdem lebte man. Das genauere Wissen um Termine und längere Datierungen wurden von einigen wenigen Fachmännern gehütet und bewahrt, die möglicherweise damals als „Druiden" oder „Zaubermänner" verehrt wurden. Sie haben das spezielle Wissen um Sternenkonstellationen sowie über den Mondverlauf und den Sonnenverlauf von älteren Könnern auf diesem Gebiet übernommen und wurde dann als gelernte Experten in der Dorfgemeinschaft gern als Berater aufgenommen. Die Gemeinschaft war auf deren Wissen angewiesen, denn es ging dabei auch um die Termine für Aussaat sowie um die wiederkehrenden Jahresfeiern. Die Begriffe Sommer- und Wintersonnenwende sowie Frühlings-, Herbst-, Sommer- und Winteranfang sind uns auch heute noch ein Begriff. Diese Termine konnten schon damals am Himmel abgelesen werden. Mit den vorher bestimmten, örtlichen Merkmalen war es einfacher. Notwendig war dazu immer ein freier Platz mit Sicht zum Himmel. Weiterhin benötigte man möglichst mehrere unterschiedliche, große Berge, Marken am Horizont in der Richtung des Sonnenauf- und Unterganges. Damit war die Basis vorhanden. Jetzt musste nur noch der genaue Fixplatz in der Mitte gefunden und dauerhaft markiert werden, um diese sich jährlich wiederholenden Beobachtungen nachvollziehbar zu erklären und zu deuten. Im einfachsten Fall zählte man 91 Tage nach der Winter- oder Sommersonnenwende weiter und hatte damit einen relativ genauen Frühlings- oder Herbstanfang. Dieser wurde nach meinem Wissen in einer sehr langen Epoche, in der megalithischen Zeit, sogar als Jahresanfang angesehen.

Die Sonne ging schon immer richtig, wer sich nach ihr richtete, war auf der sicheren Seite. Nur als der Mensch die Zeit ordnen wollte, kam das Chaos. Noch heute wird an der Zeit und am Kalender gebastelt, weil die Natur eben nicht so supergenau ist und ab und zu mal abweicht. Wir alle kennen Schaltsekunden und Schaltjahre und leben damit.

Schon die ältesten „Sternwarten" bei fast allen Völkern der Welt, ob in Indien, Afrika, Europa oder Amerika aber funktionierten nach diesem alten, einfachen System. Man suchte dabei nicht den höchsten Punkt auf einem Berg, sondern man zog in ein Tal, das im Umkreis von Bergen oder Hügeln umgeben war. So hatte man genügend Marken für die jeweiligen Ereignisse. Man musste sie nur erst einmal ermitteln, dann erfassen und als letztes im Kopf auf Abruf speichern. Wenn hierfür ein Fachmann gefunden wurde, der bereits sein Wissen von seinem Vorgänger übernommen hatte, dann war ein enormer Datenspeicher vorhanden, der immer befragt werden konnte. Solch eine Ausbildung zum Druiden dauerte einst bis zu 25 Jahre. Zum Ablesen des momentanen Status war es aber immer wieder erst notwendig, sich an den Fixpunkt zu begeben, den momentanen Himmel mit dem Sonnen-, Mond- und Sternenlauf zu überprüfen und daraus die möglichen Rückschlüsse zu ziehen. Der Himmel wurde also dazu befragt. Der Platz, an dem das geschah, war die Stelle, an der die Ergebnisse erkannt werden konnten und auch sicherlich, etwas mystisch verbrämt, dann auch verkündet wurden. Das waren möglicherweise diese Bielsteine.

Als die Christen kamen:

Etwa ab dem Jahre 500 n. u. Z strömten vermehrt Priester aus dem römischen Reich in das Gebiet des späteren Deutschland. Sie brachten einen neuen Glauben mit. Der neue Glaube an den Christengott sollte überall schnell und mit Macht verbreitet werden. Die alten Heiligtümer und Götterbilder der nördlich der Alpen liegenden Stämme und Völker wurden deshalb zerstört. Nun hatten aber viele dieser Stämme Naturgottheiten, das gab in der Ausführung Probleme. So wurden ganze Wälder als „Götterhaine" zerstört und Felsen und Säulen zerschlagen. Bekannte Beispiele dafür sind die oft zitierten Externsteine und die Irminsul. Bis heute lässt sich der Umfang dieser Zerstörungen nur unsicher erahnen. Hier bei uns im Harz wurde laut einer Legende zum Beispiel um das Jahr 760 durch Mönche und Anhänger des Bischofs von Mainz, Christoph Bonifacius, ein Opferstein, die Bielsteinsäule für einen angeblichen Gott Biel bei Ilfeld im Südharz gefunden und zerstört. Die Siedler der benachbarten Dörfer errichteten diesen Altar aus den Resten neu, aber auch dieser wurde dann nachfolgend nochmals zerstört.

Mit den Bischöfen, dem neuen Glauben, den Mönchen mit Äxten und Hämmern kamen aber auch die Mönche mit der Kunst des Lesens und Schreibens. Es wurde immer mehr mit Zahlen und Namen und genauen Tagesangaben gearbeitet, die mit der alten Zeitrechnung gar nicht möglich waren. Was damals keiner so recht ahnen konnte, war allerdings die Tatsache, dass auch die damals neuen Kalenderdaten ungenau waren und später noch mehrmals korrigiert wurden. Mit dem neuen Glauben sollte die Macht der alten Götter gebrochen werden. Die Beobachtung der Himmelsmarken von Sonne und Mond waren damit hinfällig. Die ominösen Opfer- oder Altarsteine waren unnötig und sollten deshalb alle zerstört werden. Wenn diese Plätze zerstört waren, dann würden die Siedler schon zum Bischof und zu den Mönchen kommen. Man hat danach den Bielsteinplatz sehr oft mit dem christlichen Glauben neu besetzt oder als Teufelszeug benannt. Der oben genannte Name Bil oder Biel ist doch häufiger in Deutschlande zu finden. Obwohl die Ereignisse nun schon fast zweitausend Jahre zurück liegen, sind diese Orte noch heute bekannt. Interessanterweise sind manche der Biels-Orte gar nicht mehr auf den Karten verzeichnet, trotzdem gibt es Interessierte, die diese Orte kennen und finden. Was bedeuten Sie uns heute eigentlich? War es nun ein Gott oder doch nicht? Bei der nachfolgenden Betrachtung werde ich mich aus rein praktischen Gründen ganz speziell auf unsere Region, das nördliche Harzvorland beziehen, das ich gut kenne und in dem ich zu Hause bin.

Die Bielsteine bei Blankenburg:

Die Bielsteine interessierten mich schon seit geraumer Zeit. Ich konnte aber absolute keinen Sinn in dem Namen finden. Im Nachbarort Blankenburg gab es davon sogar zwei, aber nur einer war offensichtlich bekannt. Bei einem Kuraufenthalt in der Teufelsbadklinik erwarb ich ein Buch von Walter Diesing aus diesem Ort. Er hatte seine Jugend-Erinnerungen an Blankenburg hier zusammen gefasst, in der Hoffnung, dass andere Interessierte den Stoff aufgreifen. So etwa schilderte er mir den Sachverhalt bei einem Telefonat mit ihm. Ich hatte mit ihm über mehrere sachliche Fehler und Fotos aus der Region gesprochen. Er wusste auf jeden Fall, dass sich am Klostergrund beim Kloster Michaelstein früher auch eine Bielsteinklippe befand. Sie war auf alten Karten eingezeichnet. Damals ging ich davon aus, dass es ein großer Felsenkopf sein muss, da ja offenbar dieser Biel ein Gott war. Ich wanderte zu allen größeren Erhebungen und fand auch bei den „Blankenburger Steinköpfen" einen sehr markanten Berg. Er war der höchste, mager bewachsen mit etwa 10 – 15 knorrigen Eichen und ganz schlecht zu erreichen. Er liegt genau gegenüber der Ruine des alten Volkmarskeller. Ich suchte mehrere Wochen nach historischen Forstkarten. Ich hatte hierbei Pech - es war nicht der Bielstein, schade. Genau gegenüber aber, auf der Seite des Volkmarskellers, noch unterhalb des Mittelberges fand ich am Berghang in ¾ der Höhe eine kleinere Klippe, die mir von zwei älteren Forstleuten als die Bielsklippe genannt wurden. Der Weg dorthin war beschwerlich. Im Februar 2015 wanderte ich bei angenehmem Wetter dort hin. Mit einer modernen, topografischen Karten suchte ich nun nach den von Walter Diesing angegebenen Visurlinien. Karte, Kompass und das schöne Wetter machten es möglich. Der starke Baumbewuchs aber verhinderte fast alles. Ich hatte weder Sicht nach Süden wegen der Berge, noch nach Westen wegen der Berge, noch nach Norden wegen des Hanges und der Bäume. Die Sicht hätte eventuell gerade so zum Felsen *Hans Mönch* im Klostergrund gereicht, aber nur eventuell. Sehr gut aber war die Sicht nach Osten, über die flachen Ausläufer der „Blankenburger Steinköpfe", zum Sonnenaufgang am Frühjahrbeginn. Noch am gleichen Tag fuhr ich zum zweiten Bielstein bei Blankenburg. Er liegt oberhalb des „Braune Sumpftals", kurz hinter dem Berghotel „Ziegenkopf". Von diesem Berg hat man eine sehr gute Sicht an der Nordharzkante entlang.

Ich suchte und fand auch diesen Bielstein. Er ist relativ gut ausgeschildert und besteht aus einem Felsgrat, der in das Tal hineinragt. Mit der gleichen Karte, dem Kompass und dem gleichen schönen Wetter stellte ich auch hier fest: Ich hatte weder Sicht nach Süden wegen der Berge, noch nach Westen wegen der Berge, noch nach Norden wegen des Ziegenkopfes. Relativ gut aber war die Sicht wieder genau nach Osten, durch das Tal des „Braune Sumpf - Baches". Genau dort muss zum Frühjahrbeginn die Sonne aufgehen. Bei schönem Wetter und ohne Bewaldung hätte ich möglicherweis bis nach Westerhausen sehen können. Nun war ich verblüfft. Zu Haus suchte ich in Büchern und auf Karten, legte Lineale an Visurlinien von diesem Bielstein aus zu den verschiedenen Sonnenlaufpunkten. Ich probierte das auch bei dem zweiten, inzwischen auf der Karte gefundenen Bielstein und kam zu folgendem Entschluss: Diese ominösen Bielsteine waren möglicherweise Peilsteine. Über die Mundart schien sich das sogar ganz sicher zu erklären. Für mich ergaben sich damit folgende Schlussfolgerungen: Diese Steine bzw. Felsköpfe wurde offenbar bereits in der Zeit genutzt, als es noch keine Kalender hier in „Deutschland" gab. Ich nehme damit etwa das Jahr 500 an. Zweck war die Sonnenlaufbeobachtung zur kalendarischen Nutzung. Die Nutzung erfolgte in der Nähe von Siedlungen, die längere Zeit bewohnt wurden. Damit hatte ich für mich erst einmal eine logische Erklärung gefunden. Diese „Bielsteine" wurden garantiert nicht zum Schärfen irgendwelcher heiligen Beile oder Kriegsäxte genutzt, wie das an manchen Stellen in der Literatur auch behauptet wurde. Betrachtet man die Verbreitung der „Bielsteine" in allen möglichen Schreibweisen, dann kommt eine ganz beachtliche Zahl zusammen. Hier im Harz sind es nach meinem Wissen 10. Etwa auf gleicher geografischer Höhe bis zum Sauerland bzw. Teutoburger Wald sind noch einmal rund 20 zu finden. Ich suchte nun in vielen Archiven und Museen und im Internet. Eine Bibliothekarin kopierte mir einen Zeitschriftenartikel, der von einer Frau Dr. Bielenstein verfasst war. Diese hatte sich schon jahrzehntelang vor mir ebenfalls mit dem Thema beschäftigt. Sie suchte eigentlich nur nach der Herkunft ihres Namens. So erhielt ich über sie sehr viele weitere gute Hinweise. Sie hat in langjährige Forschung für den gesamten deutschsprachigen Raum mit Elsass und Vogesen sogar rund 140 Bielsteine ermittelt, deren Existenz sich an einigen Stellen allerdings nur noch an Burgnamen oder Feldfluren festmachen lässt. Aus ihrer Sicht fand sie keinen eindeutigen und sinnvollen Hinweis, der einen Sinn für diesen Namen ergab. Sie übergab Jahre später die von ihr erstellten Unterlagen an einen bekannten Namensforscher, von dem sie sich eine fundierte Auswertung versprach. Leider trat aber auch hier nicht der von ihr gewünschte Erfolg ein. Nach einem doch etwas intensiven Schriftverkehr stellte Sie mir ihre verbliebenen Unterlagen und Karten zur Nutzung und Auswertung zur Verfügung. Sie war nur etwas erstaunt über meine Herangehensweise aus der praktischen Sonnenbeobachtung und wünschte mir daher viel Erfolg.

Die heutige Schreibweise der geografischen Punkte weicht stellenweise auch oft von den alten Namen ab, in historischen Archiven aber ist der Nachweis sicher noch möglich. Es ist anzunehmen, dass die Bezeichnung durchaus regional etwas unterschiedlich ausfällt. Weitere Ausführungen und Einzelheiten zu Fakten, die mir dabei aufgefallen sind, folgen noch später. Wenn es nun aber so viele gleichlautende oder ähnliche Namen für bestimmte Berge oder Regionen gibt, dann sollte es doch dafür irgendeine Gemeinsamkeit geben und diese wollte ich finden, das war mein Ziel bei diesem Projekt. Das Suchen von Karten, die Vorgespräche, der Schriftverkehr zogen sich in die Länge und die Auswertung der einzelnen Ergebnisse der Fahrten zu den einzelnen Objekten wollte ich ebenfalls abwarten, aber es ging vorwärts. Die Arbeiten dazu dauerten insgesamt doch fast 10 Jahre.

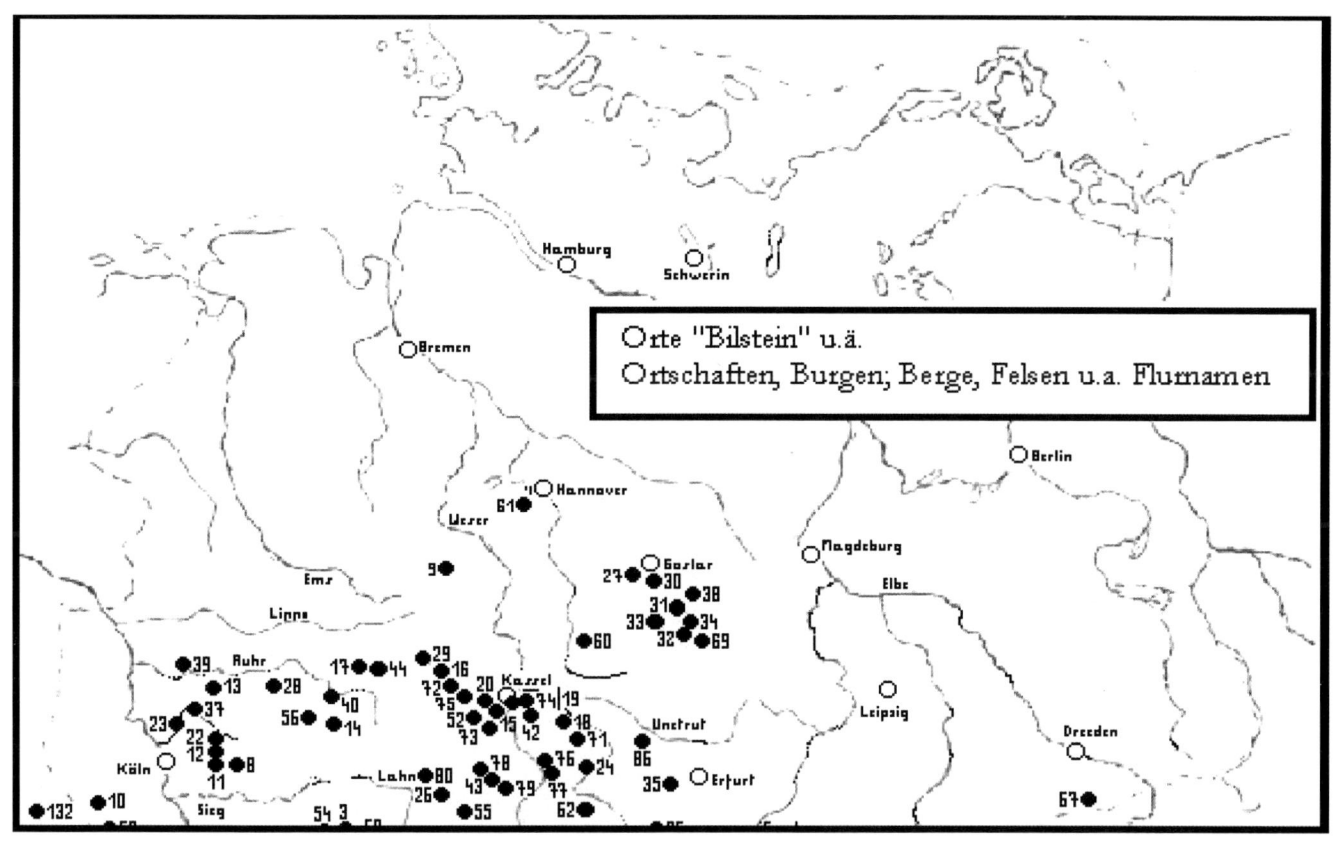

Übersichtskarte 1 zur Namensverteilung im Norden des Bezugsgebietes nach Frau Dr. Bielenstein. Die weiteren Erläuterungen finden Sie auf Seite 157 und folgend.

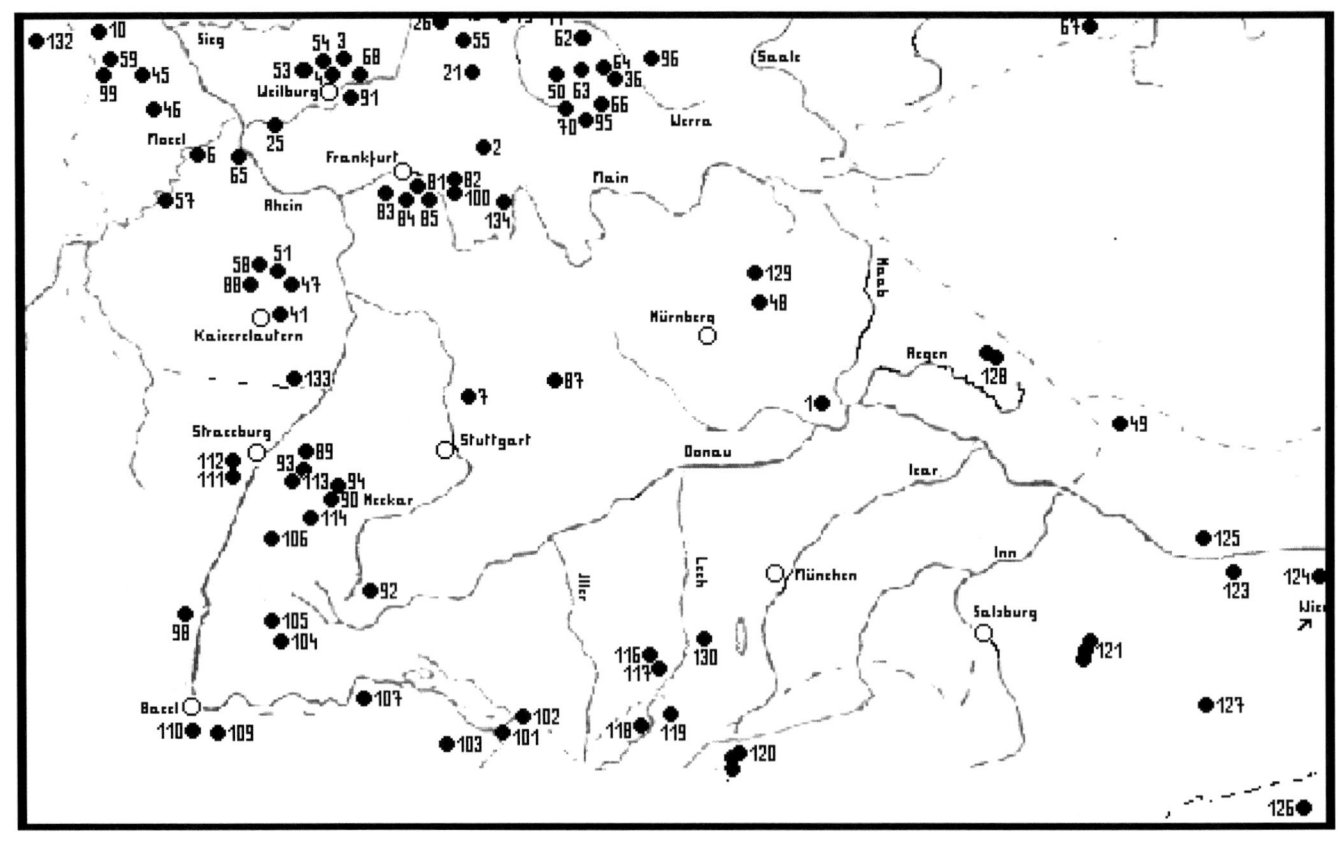

Übersichtskarte 2 zur Namensverteilung im Süden des Bezugsgebietes nach Frau Dr. Bielenstein. Die weiteren Erläuterungen finden Sie auf Seite 157 und folgend.

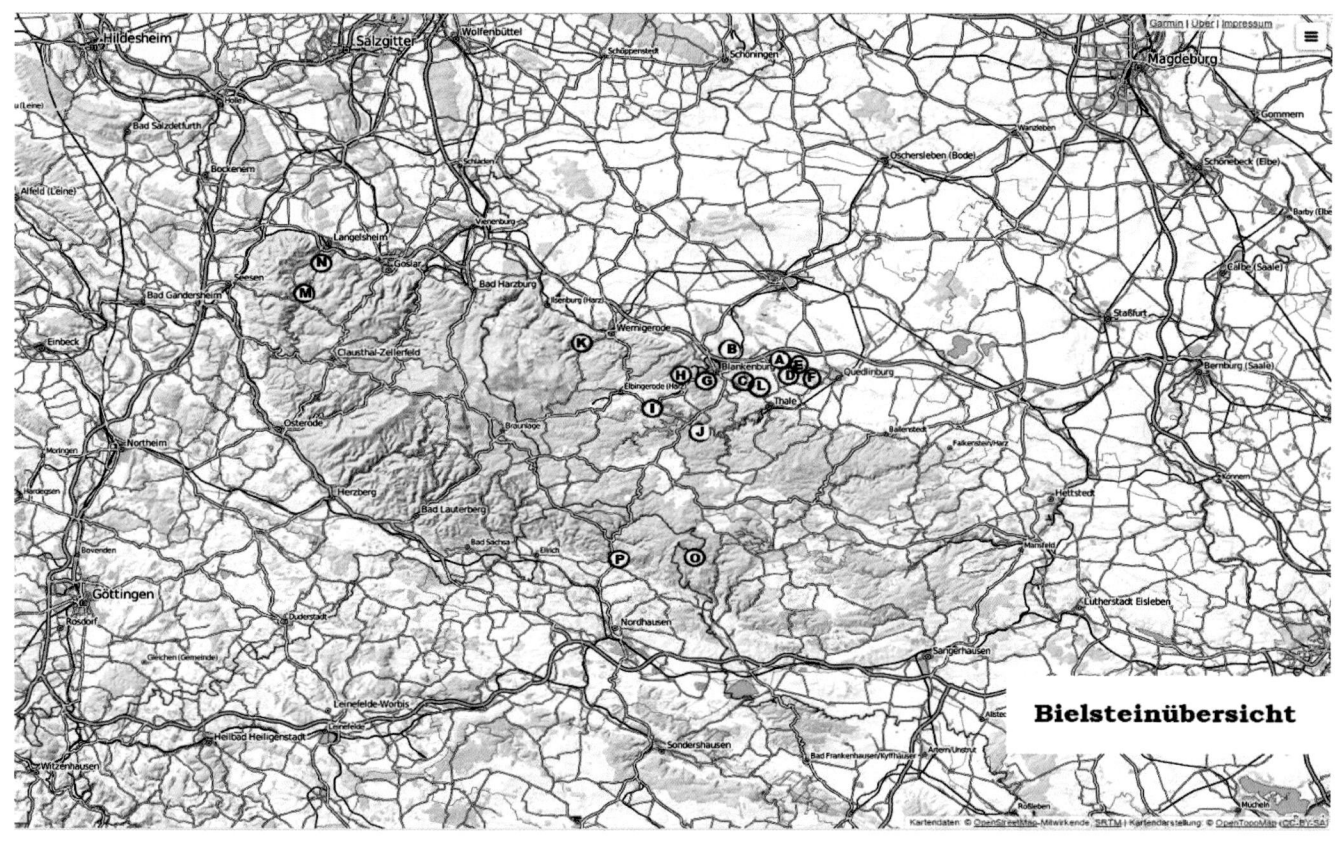

Lageplan der beschriebenen Bielsteine im und am Harz.

Von Sonne, Mond und Sternen:

Meinen ersten, alten Beobachtungsstand für unsere täglichen Begleiter am Himmel habe ich an den Externsteinen, im Gebiet bei Höxter gesehen. Dort gibt es eine kleine, auffällige Kammer, die in den Stein geschlagen wurde. In dieser befindet sich ein Sitz und rundes ein Guckloch durch die Wand zum Himmel. Ob durch dieses Loch gepeilt oder projiziert wurde, kann ich nicht mehr sagen. Man könnte ja durch ein kleines Loch in der Wand eines Felsenraumes ein Bild auf die gegenüberliegende Wand projizieren, ähnlich wie bei einem Fotoapparat. Ein zweites Mal wurde ich auf eine ähnliche Konstruktion auf der steilen Rückseite am Nordwesten des Regensteines bei Blankenburg hingewiesen. Hier soll wohl inzwischen die Öffnung so groß sein, dass eine Projektion aus lichttechnischen Gründen experimentell nicht mehr nachvollzogen werden konnte. Es gab auch den Hinweis, speziell aus der Zeit kurz nach 1900, auf den Glockenstein bei Thale. Dieser befindet sich in der Nähe der Georgshöhe zwischen Thale und Stecklenberg. Er soll mit dem Königstein hier bei uns in Westerhausen in Verbindung stehen. Auf der Grundlage dieser Entdeckung war man der Meinung, man hat deshalb einst auf dem zweiten Rücken des Königsteines die große Lücke in den Felsen geschlagen und zusätzlich die Vertiefungen davor mit weißer Farbe markiert, um sie auch im Dunklen zu erkennen. Praktische Beobachtungen ergeben aber, dass die Kimme mit bloßem Auge am Tage gut zu erkennen ist. In der Nacht aber nützt auch das weiß Bemalen nichts, die Entfernung ist zu groß, außerdem hat man ja den Polarstern als eindeutige Nordrichtung am Himmel. Die Kimme wurde möglicherweise hineingeschlagen, aber sicherlich mehr, um den Fels zu zerstören. Man findet dort an der Kimme rechts und links noch reichlich weitere Keilspuren, die bereits schon zu großen Rissen geführt haben. Von der Kimme aus hat man eine feste Nord-Süd-Linie in der Natur gefunden. Die Richtigkeit dieser Behauptung kann man mit jeder topografischen Karte beweisen.

Diese Achse stimmt etwa bis auf einen Winkelgrad. Die ausgeschlagenen Felsscheiben darunter dürften aber nichts damit zu tun haben. Wir haben auf jeden Fall Hinweise auf sehr alte „Observatorien" für unseren Himmel auch bei uns in der Region.

Fest steht, dass die Sonne, vom Königstein bei Westerhausen aus gesehen, zu einem bestimmten Datum hinter dem Brocken untergeht. Das ist immer genau zum Frühjahrs- und zum Herbstbeginn der Fall. Die Sonnenaufgangspunkte am Horizont sind ebenfalls an bestimmten Kalenderdaten auch ganz bestimmten Bergen dort zuzuordnen. Das sind zu diesem Datum der Lehof-Berg bei Quedlinburg, ein markanter Berg, der mit seiner Pyramidenform sehr gut zu erkennen ist. Zusätzlich sind noch andere Marken den Sonnenwendpunkten zuzuordnen. Außer der Sonne sind natürlich auch die anderen Sterne und Sternzeichen gut zu beobachten, die im Laufe des Jahres unseren Himmel überstreichen. Auch sie gehen etwa im Osten auf und verschwinden im Westen, allerdings gleiten sie wesentlich langsamer über den Himmel, aber man sieht sie eben nur nachts. Sie gaben einst unseren Monaten das jeweils zugeordnete Sternzeichen und dienten der Astronomie und auch der früher viel genutzten Astrologie. Der Zusammenhang mit der Geografie und der Astronomie ist aber ein sehr weites und sehr interessantes Feld. In der Zeit zwischen 1900 und 1940 wurden sehr intensiv nach den echten, „germanischen Quellen" gesucht und man stilisierte den Königstein zu einem germanischen Sonnenheiligtum. Die riesigen, hier geschlagenen Steinscheiben wurden damals zu „Sonnenrädern" erklärt, die wohl den Hange herunter gerollt wurden. Mir ist allerdings kein Volk bekannt, dass sein steinernes Heiligtum selbst zerstörte.

Die drei herausgesprengten Scheiben übereinander, direkt unter der „Kimme", sollten nach diesen Vorstellungen dem Winkel der jeweiligen, wichtigen Sonnenstände entsprechen (Sommersonnenwende, Frühjahr- und Herbstbeginn und Wintersonnenwende).

Die Kimme beim zweiten Kamel auf dem Königstein. Unterhalb dieser massiven Einkerbung sind die drei Mulden der fehlenden Scheiben zu gut zu sehen.

Im letzten Jahr (2015) habe ich mit einem Helfer dort am Felsen einfache Winkelmessungen mit Lot, Wasserwaage und Winkelmesser durchgeführte. Diese haben damals ergeben, dass diese Theorie absolut nicht zutrifft.

Hier sind die Ergebnisse der Winkelbetrachtungen an den drei südlichen Steinscheiben am Königstein bei Westerhausen unter der „Kimme":

Winkel der Scheibe zur Lotrechten:		Winkel der Sonnenlaufbahn:	
Obere Scheibe	54°	Sommersonnenwende	65,5°
Mittlere Scheibe	42°	Frühling / Herbst	32,0°
Untere Scheibe	26°	Wintersonnenwende	18,5°

Die Neigung ist offenbar nur deshalb entstanden, weil der Fels so schräg stand. Hätte man die Scheiben wegen der Sonnenlaufbahnen extra so schräg platziert, so hätte man sie wesentlich genauer angelegt. Die Scheiben wurden hier herausgesprengt, weil genau hier in diesem Segment des Felsens zufällig keine der störenden, senkrechten Spalten verlaufen.

Die Sonnenscheiben am Königstein:

Mit den alten und neuen Phänomenen in diesem Bereich des Königsteines und anderer Berge hat sich schon seit sehr vielen Jahren der Hobby-Astronom, Herr Mau aus Wegeleben, beschäftigt. Die heutigen Astronomen aus dem Landkreis Harz, die sehr oft hier sind, bezeichnen den Felsblock am Ende des ersten

Kamels, der direkt vor dem zweiten Kamel steht, als ihren besten Beobachtungspunkt. Von hier aus hat man wohl die beste Sicht trotz der Bepflanzung. Interessanterweise ist auch genau dieser Stein am stärksten durch die Steinschlagarbeiten beschädigt und reduziert worden. Hier wurden sowohl mehrfach Steinscheiben geschlagen als auch nachfolgend noch von oben herab stufenweise Steinblöcke abgetrennt. Die Oberfläche des Felsens wurde durch die Restmulden sehr ungleichmäßig. Um wieder eine gute Oberfläche zu erhalten, begann man dann diese sehr bucklige Fläche horizontal abzuspalten. Auch die Keillöcher dafür sind eindeutig zu erkennen. Auf der Ostseite der Felsgruppe fehlt offenbar sogar eine ganze Klippe, denn Steinabbaureste, wie Stufen, Keil-Loch-Ansätze in Reihen und Bohrlöcher sind auf den Resten im Erdbodenniveau noch immer zu finden. Offensichtlich sollte der Bereich der besten Sonnenbeobachtungspunkte ganz gezielt und besonders zügig abgebaut werden. Ich vermute dabei eine ganz gezielte Lenkung durch lokale Führer der Christlichen Kirche während des frühen Mittelalters. Vermutliche sind die hier abgebauten Steine sogar zum Bau der ersten steinernen Kirche im Orte in Westerhausen verwendet worden, denn der gesamte Felsenberg ist Eigentum unserer Kirche. In dem Buch „Der Königstein und seine Geheimnisse" bin ich weit mehr auf die Zusammenhänge eingegangen.

In guter Sichtweite von diesem Felsen aus sind schon bei mäßiger Sicht der „Brocken" als „Satansberg" sowie der „Hexentanzplatz" und die „Roßtrappe" mit dem bloßen Auge gut zu sehen. Es sind nachweislich alles alte Kultplätze. Offenbar bestand noch immer große Angst vor den Anhängern der heidnischen Kräften hier am Harz. Man zerstörte damals offensichtlich diese einst zur Sonnenbeobachtung gefundenen und angelegten Punkte mutwillig.

      Bedingung für das Anlegen dieser Marken war immer die Kenntnis der jeweiligen Winkel zum Sonnenauf- oder -untergangs für den richtigen Lauf der Sonne. In der Praxis benötigte man dazu immer die gleichen Fakten. Es musste dazu ein über Jahre fester Ort vorhanden sein, an dem man Marken setzen

konnte. Diese Tatsache war mit den vorhandenen Bergen in unserer Region sofort gegeben. Schwieriger war es mit dem passenden Beobachtungsplatz. Hier musste sicherlich lange gesucht werden, denn mit dem Abstand des Platzes von den Bergen änderte sich auch der jeweilige Winkel. Mit dem Königstein war ein idealer Platz gefunden. Einst wurde von dort beobachtet, dort saßen der oder die Experten und legten genau fest, wie viele Nächte oder Sonnenaufgänge noch fehlen oder ob die Zeit schon erreicht war. Diese Beobachtungspunkte lagen meiner Meinung nach als ganzer Komplex auf der heute fehlenden, dritten Klippe im Osten. Später, nach dem Abbau dieses speziellen Felsens als Steinbruch für die Kirche wurden die notwendigen Beobachtungsplätze neu angelegt, denn der alte Glaube war noch lange nicht tot! Offensichtlich hat man dann, nachdem diese Klippe mit dem besten Platz zerstört worden war, ein Provisorium eingerichtet. Auf dem zweiten Felsrücken, gleich hinter dem ersten Kopf sind oben auf dem Felsen zwei Sitzplätze sowie ein Liegeplatz und eine Terrasse zum Stehen eingerichtet, allerdings sehen sie doch etwas archaisch aus, gegenüber einer absolut vergleichbaren Formation am Regenstein. Am Felsen sind noch heute ein Platz für einen Wächter und viele Trittstufen als Aufgang sehr gut erhalten. Hier wurde ein kompletter Kultplatz neu eingerichtet. Damit war die Beobachtung wieder wie gewohnt möglich. Von diesem Felsen aus konnte dann das Ergebnis den erwartungsvollen Anwesenden, die Platz auf der Südterrasse des Berges gefunden hatten, verkündet werden. Die Bogennische auf der Rückseite des gleichen Felsens wurde in etwa ähnlicher Qualität ausgearbeitet. Wegen der groben Bearbeitung halte ich auch diese mehr für ein Provisorium, das als Notlösung damals hier neu geschaffen wurde, nachdem die große Klippe zerstört worden war. Die Anhänger des alten Glaubens haben hier bestimmt noch mindestens ein oder zwei Jahrhunderte dem Glauben der Eltern angehangen und ihre Riten hier abgehalten. Der generelle Standort hier oben auf dem Berg war gut und das war wichtig!
Die Suche eines neuen Platzes wäre weit umständlicher, aber damals auch nicht unmöglich gewesen!

Bei uns hier an der Harzkante gab es dafür allerdings relativ wenige Probleme und das liegt an der Lage. Der Harzrand verläuft bei uns etwa von Nordwest nach Südost. Die Sonne geht je nach Jahreszeit etwa im Nordosten auf, also fast rechtwinklig zum Rand des kleinen Gebirges. Es ist ideal zur Beobachtung, wenn jetzt noch Berge am Horizont zu finden sind. Selbst diese sind im Harzvorland reichlich vorhanden. Man suchte die Plätze und fand sie. An der Nordharzkante war die Beobachtung der Sonnenaufgangszeiten und –orte gut machbar. Im Süd- und Westharz dagegen war es sicherer und einfacher, die Zeit und den Ort des Sonnenuntergangs zu beobachten da die Ost-Richtung für den Sonnenaufgang fast immer durch die Berge selbst oder Wald verdeckt war. Während in der Zeit der Sonnenwende die Sonne relativ langsam am Umkehrpunk ihre Laufrichtung wechselt, ist an den Frühjahrs und Herbstpunkten der sichtbare Unterschied beim Eintauchen am Horizont täglich merklichen Fortschritten unterworfen. Hier kann man wirklich von Tag zu Tag den Unterschied leicht erkennen. Damit sind auch die markanten Tage mit bloßem Auge leicht zu ermitteln, wenn man eine passende Landmarke hat. Was aber immer unsicher bleibt, ist das jeweilige Wetter. Ein winziger, kleiner Keramikfund vom Königstein beweist uns übrigens, dass dieser Fels schon vor etwa 4000 Jahren als Sonnenheiligtum galt. Diese Scherbe wurde bei einer Grabung auf der großen Terrasse auf der Südseite gefunden und wurde bei der großen Ausstellung "Der geschmiedete Himmel" im Landesmuseum Halle mit Erläuterung gezeigt. Wir bei uns in Westerhausen haben die ganz besondere Landmarke, das ist der Königstein. Er hatte mehrere Vorteile. Besonders wichtig ist seine Position zum Brocken und zum Lehof. Hier an diesem Ort konnte man mit Erfahrung die Sonnentermine sehr genau bestimmen und exakte Vorhersagen eintreffen lassen oder Termintreue bei Verträgen kontrollieren. Hier wurde verkündet, beraten und geurteilt.

Ist es nun der Königstein oder der Kamelfelsen:

Heute würde man einen Platz in einer Kirche, an dem etwas verkündet wird, als Altar bezeichnen. Wenn ein Platz in der Natur früher mit dem Himmel und mit den Göttern in Verbindung gebracht wurde, war es ebenso. Im öffentlichen Leben geschieht ähnliches an den Gerichten oder Rednerpulten. Bei einem Eintreffen des prophezeiten Ereignisses haben früher sicherlich dankbare Mitbürger an diesem Altar ein Opfer niedergelegt. Möglicherweise steht auch der Name des Königsteines damit in Verbindung. Die älteren Westerhäuser kennen noch seinen alten Namen. Er wurde und wird in der Mundart immer noch als „Kehschtahn" bezeichnet, ähnlich wie auch der „Regenstein" bei Blankenburg als „Rähnschtahn", vielleicht auch der "Gegenstein" bei Ballenstedt. Auf einer Karte von 1731 ist noch der Name „Kehstein" für diesen Königstein eingetragen. Laut Lehrstoffaussagen soll die Silbe ge- oder ke- im alten Sprachgebrauch mit Reden oder Sprechen übersetzt worden sein. Das Wort *quad, quedan* für „sprechen" ist wohl nur noch im Altenglischen und Isländischen erhalten. Weitere Reste dieser Silben sind offenbar noch in den Worten „kören" (küren) für auswählen und auch in „keddern" bzw. „ködddern" für reden / erzählen zu finden. Das könnte eben auf eine solche historische Nutzung zur Rechtsprechung oder Datumsverkündung oder ähnliches hinweisen. Übrigens haben diese drei markanten Felsengruppen noch folgendes gemeinsam: Alle stehen relativ einzeln, alle sind sehr markant in der Form und aus Felsen. Von allen drei Felsen kann man den Sonnenlauf über den ganzen Tag kontrollieren und beobachten und bei allen ist die Silbe „ke" oder „ge" noch heute direkt im Namen. Heute sind die Prüfmöglichkeiten und ein Vergleich mit dem Althochdeutsch dank der EDV-Medien relativ leicht möglich. Ich habe allerdings leider keinen Hinweis gefunden. Im Gegensatz zu den Bielsteinen, von denen man meiner Meinung nach oft nur den Frühjahrs- bzw. Herbstbeginn eindeutige bestimmen kann, ist hier die Blickrichtung anders. Von allen drei Felsen:

Regenstein, Kehstein und Gegenstein blickt man zur exakten Sonnenpunktbestimmung nach Westen, zum Brocken! Die Bielsteinklippen waren möglicherweise mehr für das gemeine Volk, oder sie wurden in einer anderen Zeit genutzt, die andere Verständnisse forderte. Möglicherweise war in einer anderen Epoche nicht der Zeitpunkt der untergehenden Sonne, sondern der aufgehenden Sonne wichtig! Ich vergleiche sehr oft das Heute mit diesem Gestern. Wir haben heute nicht nur die Uhren, die Thermometer, die Barometer, die Regenmesser und die Wetterstationen, wir haben auch Radio, Fernsehen, Internet und Zeitungen. Wir finden in jedem Informationsmittel die notwendigen Daten zum Tag, zur Zeit und zum Wetter. Wirkliche Fachleute, wie Astronomen oder Meteorologen gibt es aber auch heute unter 10 000 möglicherweise einen. War das Verhältnis früher vielleicht ähnlich? Dann waren eventuell diese Bielsteinklippen mit dem dazugehörigen Kenner vergleichbar mit unserem heutigen Monatskalender. Die dort in der Nähe möglicherweise stattfindenden Treffen ermöglichten es hier denen, die hier wohnten, die wichtigsten Informationen auszutauschen. Es kann auch sein, dass diese Bielsteine und deren „Installation" auch direkt von den Kelten abstammen, denn diese waren technologisch auf einem höheren Stand. Die Kelten waren es auch, die die germanischen Stämme von Süden her bedrängten und deren Vormarsch erst etwa auf der Höhe des Harzes gestoppt wurde. Genau dieses Gebiet ist es auch, in dem die relativ hohe Zahl der Bielsteine zu finden ist. Dann kam das Wissen aus einem anders gelagerten Kulturkreis und wurde übernommen. Viel weiter nördlich und östlich des Harzes sind übrigens keine Bielsteine mehr zu finden, das ist auf der Karte Seite 23 und 24 gut zu erkennen. Doch nun zurück zu diesen ominösen Bielsteinen. Der Name Biel- oder Bel- taucht historisch gesehen relativ oft auf. Er bedeutet vom Sinn her hell oder leuchtend, eventuell auch Licht- oder Sonnen- als bestimmender Wortteil.

Über Biel, Baldur und Belanus:

Belanus war bei den Kelten der Gott des Lichtes, Baldur war es bei den Germanen, Belzhasar war als König in Ägypten der Sohn des Lichtes, es gibt so bestimmt noch einiges zu finden.
Im süddeutschen bzw. Schweizer Raum, bei Basel, gibt es das „Belchen-System", das erst vor wenigen Jahren etwas gründlicher erforscht wurde. Dort existieren mehrere Berge, die den Namen Belchen tragen, im französischen Bereich haben drei Berge den Namen „Ballon". Die Verbindung dürfte auch wieder das Wort „Bel"- sein. Von diesen Bergen aus kann man fast ähnlich Beobachtungen machen, wie von den Bielsteinen aus. Diese Belchen- und Ballonberge bilden ein eigenes System mit ähnlichem Namen. Das bestärkt mich weiter in meiner Vermutung.
Nun zu meiner Vorort-Untersuchung: Zum meteorologischen Frühjahrsbeginn des Jahres 2015 war das Wetter sehr günstig. Ich suchte vorher zuerst die Bielsteinklippe am Klostergrund bei Blankenburg. Leider ist sie bis heute in keiner einzigen, modernen Karte eingetragen. Man findet sie, wenn man an der Wegegabelung am obersten Fischteich im Klostergrund den rechten, westlich Weg nimmt und ihn bis zum Ende in Richtung Süden geht. Er zieht sich etwa 1000 Meter schräg am Hang hinauf. Am Ende, in einer Spitzkehre sind es noch etwa 100 Meter zurück in Richtung Norden und man steht vor der schrägen Felsennase, die etwa in Richtung Osten weist. Das ist die Bielsteinklippe am Klostergrund. Wenn man von hier aus in die vier Himmelsrichtungen schaut, dann stört der hohe Bewuchs, wobei der Laubwald jetzt im Winter noch relativ durchsichtig ist. Es fällte aber auf, das nur die Hauptsichtachse in Richtung Osten frei ist. Genau in südlicher Richtung hat man einen sehr markanten Felsenkopf auf der anderen Talseite vor sich. Jetzt gilt es, auffällige Berge oder Felsen zu finden, trotz der Bewaldung. Hier helfen uns heute Karten und die EDV. Damit können wir datenmäßig durch den Wald schauen. Meine erste Idee zum Namen

„Bielsteinklippe" war damals die mögliche Verbindung zu dem Peilen. Wir stehen auf einem festgelegten Platz, suchen einen fest vorgegebenen, „markierenden" Punkt oder Berg im Gelände und peilen zur Sonne hin. Peilen war das Zauberwort. *Das Wort Peilen* gab es hier bei uns erst seit der Mittelhochdeutschen Sprachverschiebung, vorher war es *Pielen*. Ähnliche Worte sind noch heute vergleichbar zwischen dem Niederdeutsch, also unserm Platt und Hochdeutsch:

Niederdeutsch:	Hochdeutsch:
Pieler	**Pf**eiler
Piel	**Pf**eil
Biel	**B**eil,
witt	**w**eiss,

Aus dem *i* oder *ie* wurde so ein *ei*, das sollte aber reichen. Es gab sogar den Versuch, diese Steine als „Beilsteine" zu deuten, an denen damals die heiligen Kriegsbeile geschliffen und gesegnet wurden.

Diese Deutung ist schon deshalb unsinnig, weil die von mir gefundenen Felsklippen aus den unterschiedlichsten Steinmaterialien bestehen. Oftmals sind diese nur absolut schlecht oder gar nicht als Schleifstein zu gebrauchen. Ich musste nun nach einigen Hinweisen folgendes feststellen: Aus meiner Sicht entstanden diese Namen allein durch ein Verwischen in der Aussprache und zusätzlich noch ein Vergessen des Sinnes. Dadurch erfolgte die Auslöschung des Begriffes, des Wortes insgesamt. Solche Vorgänge sind aber öfter in unserer Sprache vorgekommen.

Weiter beim Thema „Bielstein"

Die wichtige „Hochdeutsche Lautverschiebung" fand zwischen 500 und 800 u. Z. statt. Verschlusslaute wie p, t und k bzw. b, d und g änderten sich, obwohl viele Worte vom Klang her im Prinzip erhalten blieben. (Siehe auch ***Kurke*** in **G**urke, ***Zalat*** in **S**alat) Die Verschiebung zwischen dem p und b, bzw. zwischen g und k ist ja heute noch ein Problem im sächsischen Sprachbereich. Dort wird man heute noch gefragt, ob das Wort mit „hartem oder weichem" p oder auch k geschrieben wird. Ausgesprochen wird es oft mit der weichen Aussprache!

Diese Verschiebungsgrenze der Vokale verläuft als „Grenze der Mittelhochdeutschen Sprachverschiebung" übrigens quer durch Deutschland und quer durch Sachsen-Anhalt. Erstaunlich für mich aber war die Überdeckung dieser Sprachgrenze mit der nördlichen Verbreitungsgrenze der Bielsteine. Sie ist etwa mit dem Gebiet der Bielsteinklippen-Ansammlung im Harz identisch. Südlich dieser Grenze konnte man wahrscheinlich mit dem Niederdeutsch, dem „Platt" nichts mehr anfangen. Kommt daher eventuell die Unkenntnis bzw. das Nichterkennen des Namens oder des Sinnes? Eine Pielsteinklippe oder Bilstahnklippe, oder, wie es auch immer gesprochen wurde, war vielleicht nur ein notwendiger *Peilstein*. Dieses wollte ich hier versuchen zu beweisen.

Welches Volk aber lebte etwa 1000 v. d. Zeitrechnung bis 500 danach in dieser Region? Die Suche musste ich bald abbrechen, nachdem ich einige Daten in der Geschichte überprüft hatte. Nach mehreren Zeitübersichten waren in der Zeit zwischen 1000 vor und 500 Jahre nach der Zeitrechnung viele Völker und Volksstämme in Mitteleuropa unterwegs. Man spricht von der Zeit der Völkerwanderung. Selbst solch ein großes Volk wie die Kelten, die damals auch mit in dieser Region siedelten und uns wichtige Kulturgüter hinterlassen haben, brachten es nicht bis zu einer Schriftsprache.

Trotzdem traue ich diesem Volk zu, dass sie das Wissen um die Ermittlung der markanten Punkte des Sonnenlaufes hatten und diese „Bielsteine" suchten und einrichteten. Ich habe speziell dazu einige Literaturhinweise gesucht.

Es waren doch keine Peilsteine:

In der Veröffentlichung eines Herrn Dr. STEINER sind dabei mehrere sprachliche Hinweise angegeben, die andeuten, dass der Begriff peilen zu dieser Zeit noch gar nicht üblich war. Ich fand dabei aber einen noch besseren Hinweis: Bei der Erklärung zur Etymologie kommt der Hinweis, das auf der Grundlage eines Hinweises von Herrn Professor SIEVERS, das germanische Wort "bila –> bidla" zw. "bili –> bidli" als Grundlage zu setzen. Nach einigen Überlegungen fand ich auch noch ein, zwei Worte, die möglicherweise auf dieser Quelle fußen. Da ist das Wort Weile, im Plattdeutschen „Wiele" oder auch verweilen. Das fand ich ganz treffend. Der hier auf diesem Stein wartende Mensch, ob Bauer oder Priester oder Druide, er wartete auf ein ganz bestimmtes Ereignis, auf einen besonderen Sonnenauf- oder –untergang über einer ganz markanten Stelle. Das kann dauern, wenn man keinen Kalender hat oder vor kurzem erst in eine andere Gegend gekommen ist. Das Wetter war auch damals schon ein weiterer Unsicherheitsfaktor! Die Wiederholgenauigkeit der Sonne in dieser Jahreszeit ist übrigens ganz enorm! Ein Bielstein wäre dann kein "Peilstein", sondern ein "Wartestein" – das ist nun sogar noch besser! Für den Namen selbst gibt es viele Hinweise. Die Germanisten weisen auch auf einen Zusammenhang mit - „bidli" = Zeit, dauern, warten- hin. Das ist natürlich ein Ansatz, denn wer schon einmal auf einen Sonnenaufgang gewartet hat, weiß, wie das dauern kann, noch dazu, wenn man keine Uhr hat. Sieht man sich aber alte Götternamen an, so findet man Baldur, den Gott des Lichtes, und bei den Kelten Belenus, den Gott des Lichtes, „Bel" bedeutet hell oder Licht. Wer russisch gelernt hat, kennt sicherlich noch die Bedeutung des Wortes „belij" = weiss oder hell, Weißrussland ist Belarussland. Auch in der deutschen Sprache sind diese Sprachreste vorhanden. So das Wort „hell" (bel) oder „weiss" = wit in der Mundart. Für mich gibt es da eine deutliche Verbindung

zum Wort bil oder bel. Denken wir nur so an die Ortsnamen wie Wiel oder Weil. Diese mehrfache Verknüpfung reicht mir aus. Eine sehr interessante Spur gibt es noch über Apollon, den griechischen Gott des Lichtes. Hier bei uns wächst ein gewisses Kraut, das wird Bilsenkraut genannt und zählt zu den Halluzinogenen. Im Mittelmeerraum, speziell im Bereich Spanien nennt man diese Pflanze, ins Deutsche übersetzt, *Apollons Kraut*. Wenn wir Bilsenkraut einfach aussprechen, könnte es auch heißen *Bil – sein – Kraut!* Möglicherweise wurde zum Beispiel dem Beobachter des Sternenhimmels nach dem Sonnenuntergang zum 20. März ein Kräutertrunk mit Bilsenkraut verabreicht, um ihm durch die Erweiterung seines Empfindens das Erkennen eines Orakels aus dem Sternenhimmel zu erleichtern. Im *Bairischen wird dieses sogar als Pilsener Kraut* bezeichnet und noch ein Querverweis: Im Mittelalter wurde genau dieses Bilsenkraut regional dem Bier beigemischt, um die Wirkung des Alkohols zu steigern. Möglichweise ist daher sogar der Name des Bierbrauortes Pilsen entstanden. Über alle diese Kreuz- und Querverbindungen gibt es hier und da Hinweise, aber bisher hat noch kein renommierter Wissenschafter sich dieses Themas angenommen und damit bleiben es nur vage Vermutungen. Über diesen Bereich gibt es in der allgemeinen deutschen Alltagsliteratur keinerlei Hinweise. Mögliche Quellen dafür wären nur die gewissenhaften Mönche gewesen und diese haben sich um solche Seitenbereiche des Lebens relativ wenig gekümmert. Außerdem wäre es wohl doch sehr vermessen, in kirchliche Archiven nach solchen Unterlagen zu suchen. Das war ja damals die absolute Konkurrenz.
Geschichtliche Aufzeichnungen sind, wenn überhaupt, dann nur von den Römern vorhanden. Für diese waren aber alles Alemannen, Barbaren oder Germanen, je nach der Ansicht des Schreibers. Die Römer aber hatten in dieser Zeit schon ihren Kalender. Die Völker nördlich der Alpen benötigten auch kalendarische Daten, sowohl um Ritualfeste zu feiern als auch um den Jahreswechsel und andere möglichen Zeitabschnitte für sich zu markieren. Sehr wichtig war auf jeden Fall, nach der Zeit der Kälte und der

Finsternis, den Frühjahrsanfang sicher zu erkennen. In der Megalithischen Zeitepoche begann das Jahr zum Frühlingsanfang. Noch heute endet in der Landwirtschaft und in der Jagd das Jahr am 31. März. Der Zeitpunkt für die Aussaaten musste klar genannt werden. Der Herbstanfang wäre ebenso auch mit dem Sonnenlauf zu finden gewesen, viel wichtiger für die Ernte war aber der Reifeprozess, und der ergab sich üblicherweise von selber.

Ich vermute, dass diese natürlichen Kalenderdaten gesucht und dann festgelegt wurden. Möglicherweise waren aber Jahrhunderte später die genauen Wissensumstände dem breiten Volk überhaupt nicht mehr bekannt. Man hatte sicher nur den Fakt aus der Mystik übernommen, wenn die Sonne oder der Mond an dieser Stelle auf- oder untergeht, dann wird das und das passieren.

Diese einst so wichtigen und fest in der Natur befindlichen Orte waren oft sehr markante Felsennasen, die mindestens eine freie Sicht nach Osten oder Westen hatten und möglichst in etwa 2 bis 10 km Abstand gute Sichtmarken am Horizont dazu. Dabei war möglichst eine der Marken ganz in der Nähe und eine weitere, zur „Sicherheit" in der Ferne zu finden. Diese Forderungen waren alle bei uns hier am Harzrand ein geringes Problem.

Die späteren Bewohner der Region verstanden möglicherweise den Sinn und die Bedeutung dieser speziellen Orte schon nicht mehr. Sie wussten aber, es gab hier Leute, die ganz in der Nähe oder direkt bei den Felsen oder Bergen wohnten. Diese konnten zu sehr vielen Terminen oder mit der Zeit verbundenen Sachen etwas aussagen. Sie konnten damit einen priesterähnlichen Ruf erlangen. Sonne Mond und Sterne, Wetter und Tierbeobachtungen halfen Ihnen. Sie lernten dadurch sicherlich auch das Wahrsagen. Damit war offenbar die folgende Suche der Christen nach einem Gott Biel, Baldur oder Belanus, wie man ihn auch immer hier vermutete, aus heutiger Sicht tatsächlich sinnlos. Sie konnte zu keinem Ergebnis führen. Bielstein war damals ganz einfach eine übliche Bezeichnung für einen geografischen Punkt. Man suchte sich einen eindeutigen, immer leicht wieder auffindbaren Ort, der möglichst eine weite Übersicht in die gewünschte Richtung ermöglichte. Es musste dazu keine Bergkuppe sein, eine Felsnase am Berghang war dazu oft besser geeignet. Dadurch ergeben sich heute bei der Wiederfindung Erkennungsprobleme. Im Laufe der Jahrhunderte wurde der Name öfter von der Felsnase auf den ganzen Berg übertragen und wir wundern uns heute, wenn die gesuchten Sichtverhältnisse nicht mehr passen. So ist es mir beim Bielstein bei Wernigerode und auch bei Blankenburg passiert, auch in Ilfeld ist es ähnlich. Auch die Suche nach dem Sinn des Namens gestaltete sich so etwas schwierig. Die Bewaldung hat viele einst freistehende Felsen eingehüllt und aus unserem Bewusstsein entführt.

Das Baseler Belchensystem:

Ich habe viele Stunden damit verbracht und mit Hilfe der EDV in Büchern und Archiven nach dem Begriff „Biel" gesucht. Durch großen Zufall bin ich auf eine Veröffentlichung in der Schweiz gestoßen. Dort ist vor wenigen Jahren zwei Heimatforschern, Herrn Eichin und Herrn Bohnert die Tatsache aufgefallen, dass es in dieser Region am Schwarzwald mehrere Berge mit dem Namen „Belchen" gibt. Im Frankreich, im Elsass werden sie putzigerweise Ballon genannt. (Da wurde offenbar Belchen mit Bällchen verwechsel?)
Es gibt das Schweizer Belchen, das Schwarzwälder Belchen, das Elsässer Belchen, den Petit Ballon und den Grand Ballon. Alle Belchen – Berge sind über die Sonnenaufgänge miteinander verknüpft. Ich war darüber sehr erfreut. Bei uns in der Region sah es allerdings anders aus. Die Informationen über Bielsteine und „Biel" waren hier sehr spärlich, lückenhaft und für mich nicht schlüssig. Mit dieser Erkenntnis im Hinterkopf suchte ich nun in Deutschlands Karten und Ortsverzeichnissen nach dem Namen Bielstein in

verschiedener Schreibweise. Es wurde nun immer interessanter. Dank eines sehr übersichtlichen EDV-Programmes eines renommierten Anbieters kann man sich Orte, Straßennamen, Berge und Regionen ansehen und auflisten lassen. An jeder Stelle, wo ich den Namen Biel fand, setzte ich nun eine Markierung und erhielt eine gute Übersicht über ganz Deutschland. Hier bei Blankenburg bzw. bei Westerhausen habe ich die östlichste Stelle gefunden, doch dazu später mehr. Auch Orte mit dem Namensbestandteil Biel(efeld), Biel oder Weil sind reichlich vorhanden. Einige der wichtigsten Punkte habe ich in den Skizzen zusammengetragen. Es sind aber weit mehr als ich hier skizziert habe. Wenn wir in diese Betrachtung nun noch unsere „Ken"- Steine mit einbeziehen, dann wird die Anhäufung um den Harz noch größer. Es besteht allerdings die große Chance, dass solche Bergnamen mit diesem Bestandteil noch weit mehr vorhanden waren oder sind. Für mich ist dieser Aufwand beim Nachweis allerding zu groß. Das wäre eine Anwendung für ein Kulturlandschaftskataster, wie es gerade im Aufbau ist. Nach dieser Erkenntnis habe ich nun auch mehr Verständnis für die verstärkte Nachfrage nach solchen Orten. Ich möchte mich bei meiner Suche und Auswertung speziell auf den Harz und seine Berge beziehen.

Die neuen Kraftorte:

Die Natur mit Ihren Geheimnissen ist bei sehr vielen Menschen, die heute in den schönen neuen Wohnungen in den Städten wohnen, wieder interessant geworden. Sie reizt mit ihrer Echtheit, Schönheit und auch der fremden Urigkeit. Sogar einsame Orte sind wieder gefragt.
Diese werden in jüngster Zeit mehr von Menschen mit echten oder eingebildeten Fähigkeiten aufgesucht. Sie wollen solche *Kraftorte*, wie sie von ihnen genannt werden, finden. Diese Orte oder Plätze haben wohl

magische Kräfte, weil an ihnen entweder große Entscheidungen getroffen wurden oder weil man hier wichtige Urteile verkündete oder wirkten. Genauso gut ist es möglich, dass hier wichtige Gebäude standen oder Menschen beerdigt wurden. Es gibt keinerlei Festlegung für diesen Begriff.

Laut der Definition von Wikipedia ist ein Kraftort:

„ein Ort, dem eine meist positive (selten auch negative) psychische Wirkung im Sinne einer Beruhigung, Stärkung oder Bewusstseinserweiterung zugeschrieben wird. Als Kraftorte werden überwiegend geographische Orte bezeichnet, die nach esoterischen Vorstellungen eine besondere Erdstrahlung haben. Je nach esoterischer Ausrichtung werden geomantische, magische, mythische oder Feng Shui-"Energien" angenommen. In manchen Formen der Psychotherapie werden Imaginationen von Orten der Kraft in Entspannungsübungen zur Vertiefung von Entspannung genutzt. Manchmal wird der Begriff auch für Plätze gebraucht, die subjektiv als beruhigend, erholsam oder erbauend erlebt werden. Die behaupteten Energien an bestimmten geographischen Orten sind naturwissenschaftlich nicht nachweisbar." Für die betroffenen Sucher ist das gleich. Wir modernen Menschen haben den direkten Bezug zur Natur verloren. Je stärker wir mit der Technik und dem Alltag hadern, um so eher kommt es zu einer Sättigungserscheinung, die sich auf das Gemüt, auf die Seele einwirkt. Je länger, umso stärker.

Hier wirken nun die vielen mehr oder weniger erfahrenen, modernen „Wunderheiler". Von ihnen werden nicht die Reiseziele in Übersee oder Weltraumflüge angeboten. Sie bieten ganz reale Fastenkuren, Wanderungen, Meditationen, Pilgerreisen und Ruhezeiten in der Natur an. Der moderne Mensch soll wieder lernen, was zum Leben wirklich wichtig ist und spüren und begreifen, dass er auch nur ein kleines Stück Natur ist. Man sollte es nicht glauben, es funktioniert! Bevor ich mich mit diesem Thema beschäftigte, war ich mehr als skeptisch. Ich habe mit Betroffenen diskutiert, jeder hatte seine Meinung.

Vor Kurzem haben bei uns am Orte Archäologen tief im Moorboden gegraben. Ich habe mich oft dort aufgehalten und mit den gut ausgebildeten, jungen Experten über die Problematik der Altersbestimmungen unterhalten. Dabei habe ich vieles für mich Neues erfahren. Es gibt heute Methoden, die so exakt arbeiten, dass man nachweisen kann, wann Ton zu Keramik gebrannt wurde, weil dann die jeweilige kosmische Strahlung dabei fixiert wurde. Man kann auch feststellen, seit wann das Sonnenlicht auf einen quarzhaltigen Körper nicht mehr geschienen hat. Man muss dazu allerdings die zu prüfende Masse lichtgeschützt bergen, dann in ein dichtes Metallrohr einschließen und bis zur Überprüfung so aufbewahren.

So wird es eventuell auch irgendwann möglich sein, nachzuweisen, wenn eine starke Persönlichkeit plötzlich an einem Ort verstarb. Auch hierbei gab es ja die Änderung eines gewissen Energiefeldes. Mich würde es nicht wundern, wenn auch das irgendwann möglich ist. Das wäre ein echter, reproduzierbarer Nachweis für diese Kraftorte in der Natur. Wenige Menschen sind heute angeblich schon dazu in der Lage, das zu verspüren.

Es ist heute offenbar sehr wichtig, dass solches Können professionell vermarktet wird. Werbung dazu muss sein. Was gut ist, muss auch etwas kosten, denn was billig ist, taugt nichts. So werden wieder Kräutertees, Heilkräuter, Pilze, Baumrinde, bestimmte Gräser und auch manche Erde mit ihren Wirkstoffen vermarktet und das sogar oft zu sehr gewagten Preisen. Nur die echte Natur ist wirklich gut!
Ein ganz anderer Modetrend, so will ich es nennen, ist die Suche nach den germanischen Wurzeln unseres Volkes. Diese Suche war schon einmal ganz extrem und führt durch Übertreibungen und später sogar durch die dazu erfundenen Rassenlehren zu den sehr skurrilen, bekannten Auswüchsen, die in der Massenvernichtung und in dem zweiten Weltkrieg endeten. Aus diesem Grunde waren über Jahrzehnte alle solche Denkansätze anrüchig und fast verboten. Die alten nordischen Heldensagen waren von der Bildfläche verschwunden und tauchen erst langsam wieder auf. Gerade hier bei uns am Harz mit seinem

Bodetal und dem Brocken sind einige Orte zu finden, die hierzu eine starke Verbindung haben. Die alten Geschichten sind schon historisch mit unserer Entwicklung hier in Europa verbunden und lokal hier her gehörig. Das später hinzu gekommene Christentum hat die alten Bräuche aus praktischen Gründen übernommen, die Jahreslauffeste wurden zumindest ähnlich gestaltet und so die neu bekehrten Gläubigen langsam, aber sicher vereinnahmt. Die Bauernregeln wechselten allmählich von den üblichen Naturbeobachtungen auf einen Bezug zu Heiligentagen der Kirche. Die weitererzählten Geschichten oder Sagen wurden mehr zu christlichen Legenden. Die Kirche wollte der Bildungsmittelpunkt sein. Heute ist man froh über so manche literarischen Werke, Gemälde oder Musik, die sich auf diese Epoche beziehen und uns diesen Teil unserer Geschichte zurück gewinnen lassen. Dadurch wurde es jetzt auch einfacher, die Walpurgishalle mit ihren großen Gemälden am Hexentanzplatz bei Thale nach der Rekonstruktion wieder mit treffenden Worten zur Nutzung zu übergeben. Es sind siebzig Jahre nach dem Ende dieser Diktatur, da dürfen wir doch wieder deutsch sein, ohne als Heiden bezeichnet zu werden. Auch die Christen bauten einst auf dieser Geschichte auf.

Die Kulturlandschaft bei uns:

Doch nun wieder zurück zu den Bielsteinklippen. Betrachten wir einmal geografisch von dort aus die Sicht zu markanten Jahreslaufterminen per Kartenauszug. Das ist gar nicht mehr so einfach! Der Mensch hat die Natur verändert. Er schuf seine „Kulturlandschaft". Siedlungen, Gewässer und Wege wurden verlegt, Täler ausgebaggert oder ausgespült und Halden aufgeschüttet. Die Natur wiederum ist ständig dabei, alle

Erhöhungen zu reduzieren, Täler aufzufüllen und viele Pflanzen wachsen zu lassen. Wir können nur versuchen, zu begreifen, wie eventuell diese Region vor über 2000 Jahren aussah.

Der Wald war sicherlich wild. Die Humusschicht an den Bergen war nur erst schwach ausgeprägt und daher der Bewuchs sehr knapp. Auf den meisten Bergen und Hügeln des Harzvorlandes ragten die harten Felsenkerne heraus, die ihnen währen der Eiszeit den Halt gaben. Diese Felsrippen waren weit zu sehen in der steppenähnlichen Hügellandschaft. Beste Beispiele dafür sind immer noch die weit sichtbaren Felsen der Teufelsmauer, des Regensteines, des Hoppelberges und des Königsteines. Übrigens waren bis etwa 1750 weite Teile der Hügel an der Harzkante entlang in Richtung Quedlinburg und Ballenstedt nur mit Gestrüpp bewachsen, so dass sie nur ein karges Weideland abgaben. Ein weiteres Problem sind die jeweiligen Wettereinflüsse. Man hatte auch damals nicht immer dann, wenn man einen deutlichen Sonnenaufgang benötigte, auch das entsprechende Wetter mit der idealen Sicht.

Hierfür wußte man sich auch zu helfen. Bei allen von mir kontrollierten Objekten gibt es „Landmarken" in großer Entfernung für die ideale Sicht und in kurzer Entfernung eben ganz eindeutige „Markierungen" als „Schlechtwettervariante". Beim Bestimmen des Frühjahrbeginns für die Landwirtschaft war es außerdem nicht ganz so wichtig, diesen Tag genau zu treffen. Es ging um den Beginn der neuen Wachstumsperiode. Wichtig war es für die Abhaltung bestimmter Zeremonien. Wenn dann Kultfeuer oder ähnliches in einer besonderen Nacht zelebriert wurden, so musste der Termin genau stimmen. Nun zu den einzelnen Objekten. Zum besseren Verständnis sind zu jedem einzelnen Objekt eine topgrafische Karte mit dem jeweiligen Sichtpfeil für die Ost- oder Westrichtung hinzu gefügt. Soweit es das Wetter zugelassen hat, sind auch die jeweiligen Belegfotos mit dabei. Beim Regenstein war es nicht möglich zu den notwendigen Zeiten das abgeschlossene Gelände zu betreten. Die betreffenden Fotos wurden aus der gleichen Sichtachse von einem niedrigeren Standort aufgenommen. Die Fotos waren aber nur im Frühjahr möglich, als noch kein Laub auf den Bäumen war. Sehr interessant war für mich auch die Tatsache, dass einige Berge neue oder geänderte Namen bekommen haben. In Altenbrak war zum Beispiel aus dem Bielstein eine Kuckucksklippe geworden. Nachdem ich nun diese Bielsteinklippe gefunden und besucht hatte, stand für mich fest, der nächste Tag gilt der gleichgenannten „Kuckucksklippe" bei uns in Westerhausen. Es war an einem 19. März, besser konnte es nicht passen. Pünktlich um 06.00 Uhr war ich auf dem Felsen. Der Tag war schon hell, die Sicht war gut. Der Horizont färbte sich im Osten rötlich. Ich kletterte vorher etwas über die Felsen, machte ein paar Fotos und suchte nach einem günstigen Standort. Von der obersten Felsplatte aus war die Sicht nicht so günstig. Auf den südlichen Felsbrocken hatte ich einen guten Stand und die beste Sicht zum Osten laut Kompass. Die Sonne ging pünktlich um 06.25 Uhr und genau über den hohen Bäumen des Langenberges auf, die dort das kleine Kamel umschließen. Sie sind dort ein wenig höher gewachsen. Leider hat man um 1950 diese Bäume gepflanzt und nur wenige kennen von weitem die Standorte der Felsen. Jetzt stand für mich fest: Die Kuckucksklippe von Westerhausen ist unsere Bielstein, genauso wie es für die Kuckucksklippe in Altenbrak gilt. Die Betrachtung des Namens zur Tätigkeit des Beobachtens „Gucken" waren die Gründe für die Namensgebung und nicht der Ruf des Kuckucks, wie hier den Kindern immer erzählt wurde. Sonst hätten wir ja auch noch viele Kuckucksberge haben müssen! Ich habe nun die gefundenen Bielsteine systematisch geordnet und folgendes System dabei angewendet:

Der Brocken und seine Sonnenberge:

Der Brocken ist von den meisten Orten des Harzvorlandes gut sichtbar und wurde daher schon immer als Landmarke bei der Sonnenbeobachtung genutzt. Bei der Tag- und Nachtgleich ergaben sich immer wieder die gleichen Richtungen. Möglicherweise sind in diesen geografischen Regionen noch andere Flurname zu finden, die auf eine historische Sonnenbeobachtung hinweisen. Wichtige regionale Orte sind noch der Hexentanzplatz und die Roßtrappe. Hierzu sind aber noch viele Daten zu sammeln, die eine separate Arbeit ergeben werden. Ich bin bei der Suche auf folgende andere Objekte gestoßen:

Die Bielsteine und ähnliche Objekte:

    A: Königstein bei Westerhausen

    B: Regenstein bei Blankenburg

    C: Die Hohe Sonne

    D: Kuckucksklippe bei Westerhausen

    E: Der Schartenberg

    F: Der Eselstall

Die Bielsteine im Nord-Ost-Harz

    G: Bielsteinklippe bei Blankenburg am Ziegenkopf

    H: Bielsteinklippe bei Blankenburg am Klostergrund

    I: Bielstein Rübeland

    J: Bielsteinklippe Altenbrak

    K: Bielsteinklippe bei Wernigerode

    L: Hamburger Wappen

Die Bielsteine im Westharz
    M: Bielstein bei Lautental, Goslar
    N: Kalenderstein Wolfshagen

Die Bielsteine im Südharz
    O: Bielstein bei Stolberg
    P: Bielstein Ilefeld

Bei den folgenden Karten habe ich durch diese Richtungspfeile für die Sonnenauf- und Untergänge zur besseren Erkennung an den markanten Terminen eine wiederkehrende Symbolik mit eingefügt:

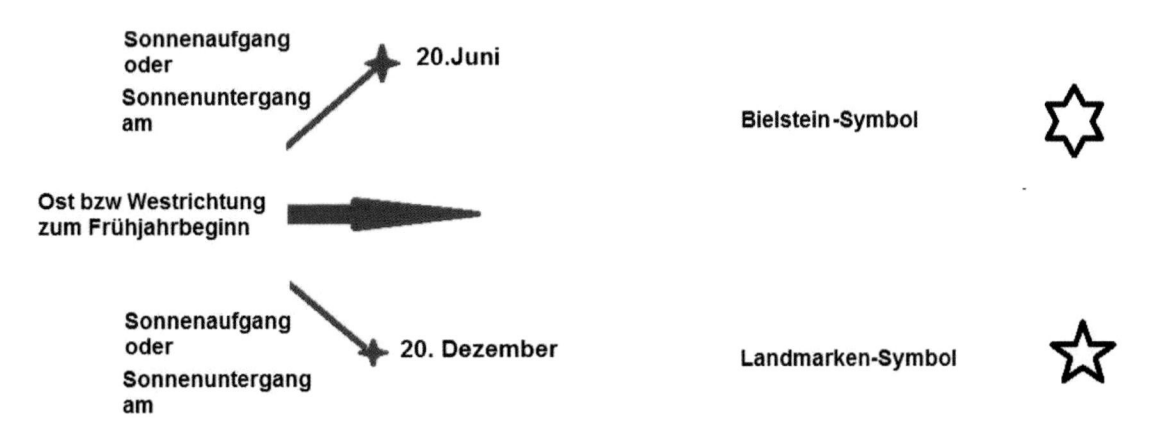

Sonnenaufgang oder Sonnenuntergang am → 20. Juni

Ost bzw Westrichtung zum Frühjahrbeginn →

Sonnenaufgang oder Sonnenuntergang am → 20. Dezember

Bielstein-Symbol ☆

Landmarken-Symbol ☆

A: Der Königstein bei Westerhausen

<u>Lage:</u> Er liegt nördlich des Ortes auf dem Bergrücken als Gruppe von Solitärfelsen in einer Reihe angeordnet. Von der B 6 zwischen **Blankenburg** und **Quedlinburg** aus ist er weit sichtbar mit dem auffälligen Kamelkopf. Im Ort selber fährt man in Richtung Halberstadt und biegt dann an der letzten Kreuzung in Richtung Börnecke ab. Von der Straße aus führen mehrere Fußwege auf den kleinen Berg. Von Süden her kann man durch die Weinberge, auf dem Kammweg oder direkt von der Halberstädter Straße aus über den Feld- und Fußweg gehen.

<u>Höhe: 189 m</u>
<u>Sandstein, zum Teil verquarzt</u>

<u>Sichtachsen:</u> Bei klarem Wetter ist vom Felsen aus eine gute Rundumsicht möglich. Im Osten ist der Lehof als Berg zu sehen. Zum <u>Frühjahrs- und Herbstanfang</u> geht die Sonne genau hinter dem Brocken unter und über dem Lehof auf. Zusätzliche Berge sind im Osten um Quedlinburg der Schloßberg und der Langenberg. Im Süden bei Thale der Hexentanzplatz sowie das Bodetal und die Roßtrappe. Direkt neben letzten Häusern von Westerhausen sehen wir dort auch den Lästerberg. Im Westen hat man den Brocken als exakten Zielpunkt zur Tag- und Nachtgleiche beim Sonnenuntergang. Dicht davor liegt die Burgruine des Regensteins, weiter folgen dann die Rönneberge, der Seeberg und der Hoppelberg. Im Norden liegen der Tönnisberg, der Stein- und Weinberg, Helmstein und die Harsleber Berge. Dann folgt das Steinholz mit seiner Warte. Bei den Tag- und Nachtgleichen wird der Königstein oft von Astronomen besucht, die das eindrucksvolle Spektakel im Bild festhalten. Um den Berg herum, auf den großen Terrassen der

Südseite wurden verschiedene, vorzeitliche Beisetzungen und Scherben mit Sonnendarstellungen gefunden. Unweit davon, im Westen, unter der jetzigen B6, fand man bei der Bauvorbereitung sogar ein Steinkistengrab und weitere Bestattungen, die jetzt im Landesmuseum Halle präsentiert werden. Aus all diesen Fakten kann man schließen, dass es sich bei dem Königstein um einen wichtigen, uralten Kultort, einen „Sonnenstein" handelt. Zur Sommersonnenwende kann man vom **Lästerberg** aus die Sonne hinter dem Königstein aufgehen sehen. Es ist ein sehr markantes Schauspiel. Ein identisches Bild gab es vom Sonnenstein an der Teufelsmauer, der „Hohen Sonne". Dieser Platz ist heute leider mit Bäumen fast total zugewachsen.

Zur Wintersonnenwende geht die Sonne genau über dem alten Kultplatz „Eselstall" auf und über dem „Heiligen Land" am Lästerberg unter. Die genaue Erforschung dieser Plätze steht allerdings noch aus.

  Meine Vorstellung zum Ablauf eines Rituals zum Jahresbeginn am 20. März unseres heutigen Kalenders ist etwa folgende: (aus dem Buch „Der Königstein und seine Geheimnisse") Der Winter war vorbei. Jetzt folgte die publikumswirksame Vorstellung des Frühlingsbeginns. Nach einer feierlichen Runde mit den Ältesten wurde der Priester am Nachmittag zu dem mit Fellen geschmückten Sitz auf dem Felsen geführt und nahm dort Platz. Neben ihm saß der Gehilfe. So erwarteten nun beide das Versinken der Sonne hinter dem Brocken. Mit dem letzten roten Lichtstrahl erhob er die Hand und begann einen lauten Gesang mit den Anwesenden. Mit Fackeln wurde ein großer Stapel Holz auf der Terrasse vor dem Felsen entzündet, um den Rest des Winters zu verbrennen und dessen Geister zu verjagen. (der Vorläufer des heutigen Osterfeuers). Die Feier ging die ganze Nacht, die Bewohner saßen am Felsen um das große Feuer herum. Die Felswände schützten vor dem eisigen Nordwind. Der Priester schritt nun zu der langen Liegefläche oben auf dem Fels neben dem Sitz. Hier wurde er bequem gebettet und beobachtete die Nacht über den Sternenhimmel. Er konnte aus den Sternbildern die Zukunft lesen und ergründen, welche Gefahren das neue Jahr bringt. Möglicherweise nahm er vorher noch Trunk aus speziellen Kräutern zu sich, die seine Sinne erweiterten. Während dieser Zeit auf dem Felsen wurde er vom Gehilfen und einem Wächter vor Störungen durch Menschen oder Tiere geschützt. Wenn nun der Morgen langsam graute, wurde die Stimmung leiser und gespannt. Alle warteten voller Ungeduld auf den Beginn des neuen Tages. Der Gehilfe stieg nun oben auf die Standfläche direkt hinter dem Priester und blickte nach Osten. Der Himmel färbte sich dort erst leicht orange, dann hell blutrot und vorsichtig schob sich ein gleißender Lichtschein aus dem Horizont. Der feurige Sonnenball leuchtete nun genau über der Kuppe der Lehof bei Quedlinburg am Morgenhimmel. Der Priester hob erneut die Arme und lauter Jubel ertönte aus den vielen Kehlen. Die Sonne war wieder geboren und das neue Jahr hatte begonnen. Eine weitere Armbewegung beendete den Jubel. Nun sprach der Priester. Er verkündete laut und feierlich, was ihm die Sterne in der Nacht für das Neue Jahr gezeigt hatten. Das Fest zum Jahresbeginn wurde den ganzen Tag ausgelassen gefeiert.

So könnte es gewesen sein hier auf unserm Königstein, so ähnlich an den anderen Orten. Als letztes Relikt ist uns möglicherweise davon noch das Osterfeuer geblieben, das tatsächlich noch bis vor 60 Jahren sogar hier auf der Terrasse am Felsen auch zum christlichen Frühjahrsbeginn gefeiert wurde und weit zu sehen war. Von hier aus ging damals das Feuersignal zu den umliegenden Orten, wo bereits ebenfalls darauf gewartet wurde, um dann auch das eigene Feuer anzuzünden. Die Kinder, die in dieser Nacht gezeugt wurden, kamen übrigens genau Weihnachten zur Welt, aber das war auch kein Zufall!

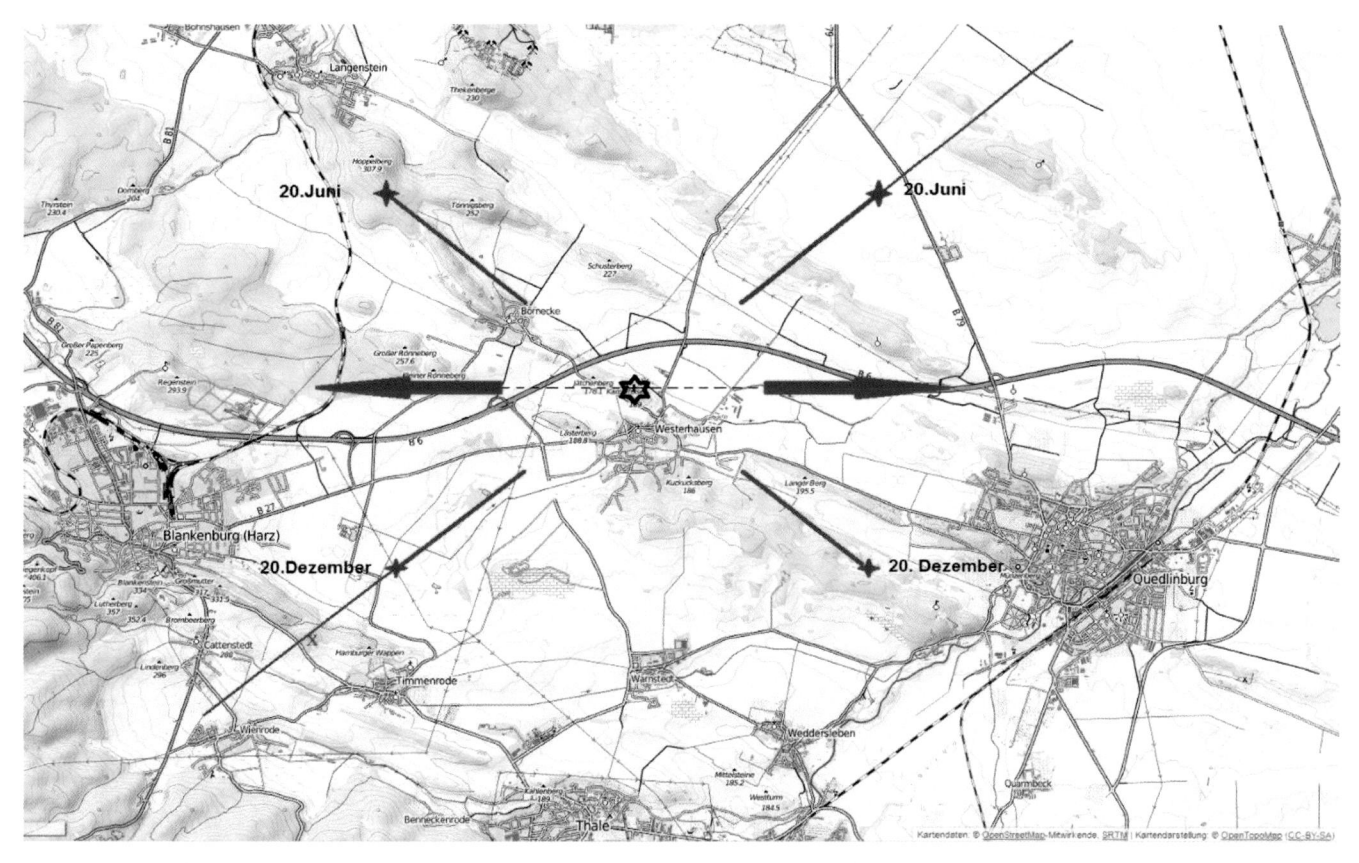

Die geografische Lage des Königsteines bei Westerhausen und die Sichtachsen. Die Verlängerungen zu Sommersonnenwende nach SO zeigen die Sichtachse von der „Hohen Sonne) aus (X).

Die Panorama-Ansicht des Königsteins bei Westerhausen von Süden her gesehen.

Der Sonnenuntergang vom Königstein aus am 20. März genau hinter dem Brocken.

Der Sonnenaufgang vom Königstein aus am 21. März über dem Lehof-Berg bei Quedlinburg.

Der Sonnenaufgang über dem Königstein am 20. Juni vom Lästerberg aus gesehen.

B: Der Regenstein bei Blankenburg

<u>Lage:</u> In **Blankenburg** fährt man in der Richtung Wernigerode/B6. Auf der Ampelkreuzung direkt hinter der Eisenbahnbrücke nach dem Gewerbegebiet Lerchenbreite muss man rechts abbiegen und der schmalen Schlängelstraße in Richtung „Burgruine Regenstein" folgen. Der Weg führt über die B 6 bis zum Parkplatz, von hier aus ist ein kleiner Fußmarsch notwendig. Wir betreten das Burggelände am Kassenhaus und gehen aber nicht auf die Burganlage, sondern bleiben im Außenbereich. Auf der rechten Seite führen Fußwege auf den Berg, am „Windmühlenberg" vorbei. Wir folgen diesem Fußweg, bis wir oben einen alten, gemauerten Hochbehälter sehen. An der Treppe, die dort hinaufführt, halten wir an und stehen nun direkt neben einem alten Kultplatz. Wir erkennen links neben dem Weg einen sesselartigen Sitz, fast ein Thron. Daneben befindet sich eine Liegebank mit Kopfstütze. Direkt oberhalb des Throns ist eine horizontale Standfläche. Hieran schließt sich ein breiter Sitzplatz seitlich an. Vom Thron aus hat man eine sehr gute Sicht direkt bis zum Brocken, allerdings ist eine kleine Eiche jetzt genau davor gewachsen. Der Sonnenuntergang um Frühjahr- oder Herbstbeginn erfolgt punktgenau hinter dem Brocken. Stellt man sich auf die Standfläche, so kann man den Sonnenaufgang am anderen Morgen exakt über dem Lehof-Berg, also bei Quedlinburg sehen. Das alles passt aber nur zum <u>Frühjahrs- oder Herbstanfang</u>. Der Regenstein hat aber noch einige weiter alte Räume, die offensichtlich zu Kulthandlungen genutzt wurden. Er ist absolut mit anderen Kultstätten, wie den Bodensteiner Klippen bei Bockenem oder den Externsteinen bei Höxter vergleichbar.

<u>Höhe:</u>   294 m
<u>Material: Sandsteinfelsen</u>

Sichtachsen: Bei klarem Wetter ist eine sehr gute Rundumsicht möglich. Im Osten ist der Lehof als exakter Zielpunkt zur Tag- und Nachtgleiche beim Sonnenaufgang zu sehen, dann zusätzlich weitere Berge. Im Süden liegt das kleine Schloss von Blankenburg. Daneben befinden sich dort das große Schloß und der Berg Walhalla sowie der Klostergrund. Im Norden ist es die Hügelkette vom Hoppelberg und dann weiter die Rönneberge und der Seeberg. Direkt im Waldgebiet am Felsen, dem Heerswald, befindet sich eine helle, wenig bewaldete Fläche mit Sandsteinhöhlen. Es ist ein alter Tingplatz mit dem „Dedingstein" in der Mitte. Hier wurde in den letzten Jahrhunderten allerdings sehr viel Stubensand zur Hauspflege abgebaut. In zwei weiteren, kleineren Bereichen dort sind ebenfalls noch sehr alte Sandsteinhöhlen zu finden. Nach längerem Suchen findet man dort auch noch Reste von kultisch wirkende Gesichter und Figuren aus oder in den Stein geritzt oder gemeißelt, die schon ewige Zeiten überdauert haben. Das ist der alte Thingplatz, wie er einst genannt wurde mit all seinen Nebenbereichen.

Unter dem Regensteinmassiv befindet sich heute ein umfangreiches Stollensystem, in dem jetzt die Bundeswehr ein Apothekendepot eingerichtet hat. Der Berg selber wurde als letzte Baumaßnahme mit Bastionen zur Verteidigung dieser kleinen Festung ausgebaut. Es handelte sich damals um eine preußische Enklave im braunschweigischen Landesgebiet.

Im Südwesten hat man von diesem Platz aus die volle Sicht zum Harz und blickt im Nordwesten auf die alte Kultstätte und spätere Burganlage Heimburg, die wohl einst auch die Stammburg der Regensteiner Ritter war.

Vom Sonnenbeobachtungsplatz aus gesehen geht übrigens die Sonne zur Sommersonnenwende genau über dem Hoppelberg nördlich und zur Wintersonnenwende über der Teufelsmauer südlich auf.

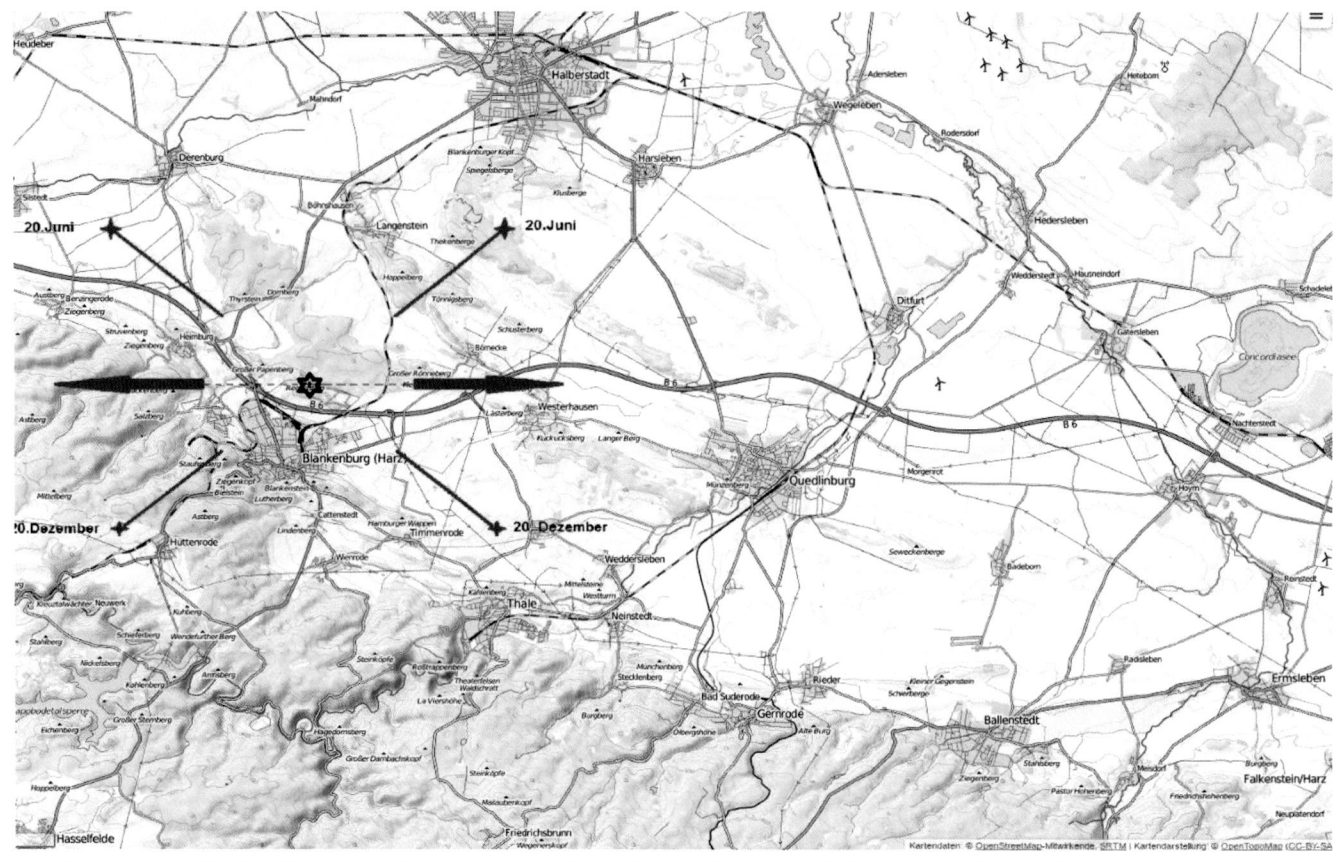

Die geografische Lage des Regensteines bei Blankenburg und die Sichtachsen dort.

Der alte, steinerne Sonnenbeobachtungsplatz auf dem Regenstein bei Blankenburg.

Sonnenuntergangspunkt

Die Vorhersage des Sonnenuntergangs vom Regenstein aus mit dem Kompass.

Der Sonnenuntergang vom Regenstein aus am 20. März hinter dem Brocken.

Die Vorhersage des Sonnenaufgangs vom Regenstein aus mit dem Kompass (durch die Zweige).

Der Sonnenaufgang am 21. März am Regenstein über dem Lehof (links neben dem Königstein).

C: Die „Hohe Sonne"

Kurz vor der Fertigstellung dieser Materialsammlung wurde ich auf eine Landmarke „Hohe Sonne" an der **Teufelsmauer bei Blankenburg** hingewiesen. Nun streiten sich aber Blankenburger und Timmenröder Heimatfreunde über den echten Platz dieses Ortes und den Sinn konnte mir keiner deuten. Ein Besuch vor Ort brachte Klärung. Es ist nicht die höchste Klippe dort, sondern die am weitesten nach Norden hervorspringende und man sieht von dort in einer geraden Fluchtlinie genau den Sonnenaufgangspunkt am Horizont über der Königsteinklippe von Westerhausen. Hier war der Sichtpunkt für den Aufgang der „Höchsten Sonne" – der Sommersonnenwende! Belegfotos sind heute sehr schwierig zu machen. Die starke Belaubung der Bäume im Juni verhindert die Sicht fast komplett.

Vom Felsen aus hatte man einst eine sehr gute Sicht bis zu den Heidbergen bei Halberstadt, direkt hinter dem Königstein gelegen. Jetzt ist der neu aufgeforstete Wald so gewachsen, dass man nur noch im Frühjahr oder Winter durch Lücken etwas erkennt. Der Sonnenaufgang zur Sommersonnenwende, also wenn die Sonne am höchsten steht, erfolgt punktgenau über der Heidbergwarte und über dem Königstein.

<u>Höhe:</u>   240 m
<u>Material:</u> Sandsteinfelsen

<u>Sichtachsen:</u> keine mehr vorhanden, einstmals sehr gute Sicht in das nordöstliche Harzvorland, ähnlich wie beim Hamburger Wappen.

Der Felsen „Hohe Sonne" bei Timmenrode, ein kleiner, nördlich vorgelagerter Felsenkopf.

Ein Blick durch das Laub in Richtung Norden.

Sonnenaufgang zur Sommersonnenwende von der „Hohen Sonne" aus, genau über dem Königstein.

D: Der Kuckucksberg mit Klippe bei Westerhausen

Lage: Im Ort **Westerhausen** am Ortsausgang Richtung Quedlinburg direkt hinter der Bachbrücke geradeaus in Richtung Tiergehege fahren. Auf der nächsten kleinen Kreuzung weiter geradeaus fahren. Am besten stellen wir hier das Fahrzeug auf dem Parkplatz am Tiergehege ab. Von hier aus können wir den kleinen Berg bereits sehen. Er liegt genau östlich des Geheges. Leider wurde beim Bau dieser Anlage der alte Weg zum Berg mit einbezogen. Wir müssen deshalb auf diesem Weg bleiben und den Gartenkomplex mit dem Reitplatz vollkommen umrunden. Wir biegen also mehrmals mit dem Weg links ab, bis wir auf den breiten „Triftweg" kommen. Hier gehen wir hinter dem Fußballplatz auf dem Sandweg bis an den Wald. An der Waldecke gehen wir in Richtung NO auf dem Fußpfad und erreichen nach etwa 200 m den steilen Anstieg auf der Südseite des Kuckucksberges. Die Mühe des Aufstieges lohnt sich aber, denn oben auf den Klippen hat man fast 360° Rundumsicht.

Höhe: 186 m
Material: verquarzter Sandstein

Sichtachsen: Rundumsicht bis zum Bocken, zum Hoppelberg, den Halberstädter Bergen, dem Steinholz, dem Langenberg und Richtung Eselstall möglich. Die Weitsicht wird jedes Jahr etwas weniger durch den Baumbewuchs in allen Richtungen.
Beim Frühjahrs- und Herbstanfang geht die Sonne genau östlich über dem „Kleinen Kamel" des „Langenberges" auf! Leider ist dieses inzwischen auch schon in den Kiefern fast nicht mehr zu sehen.

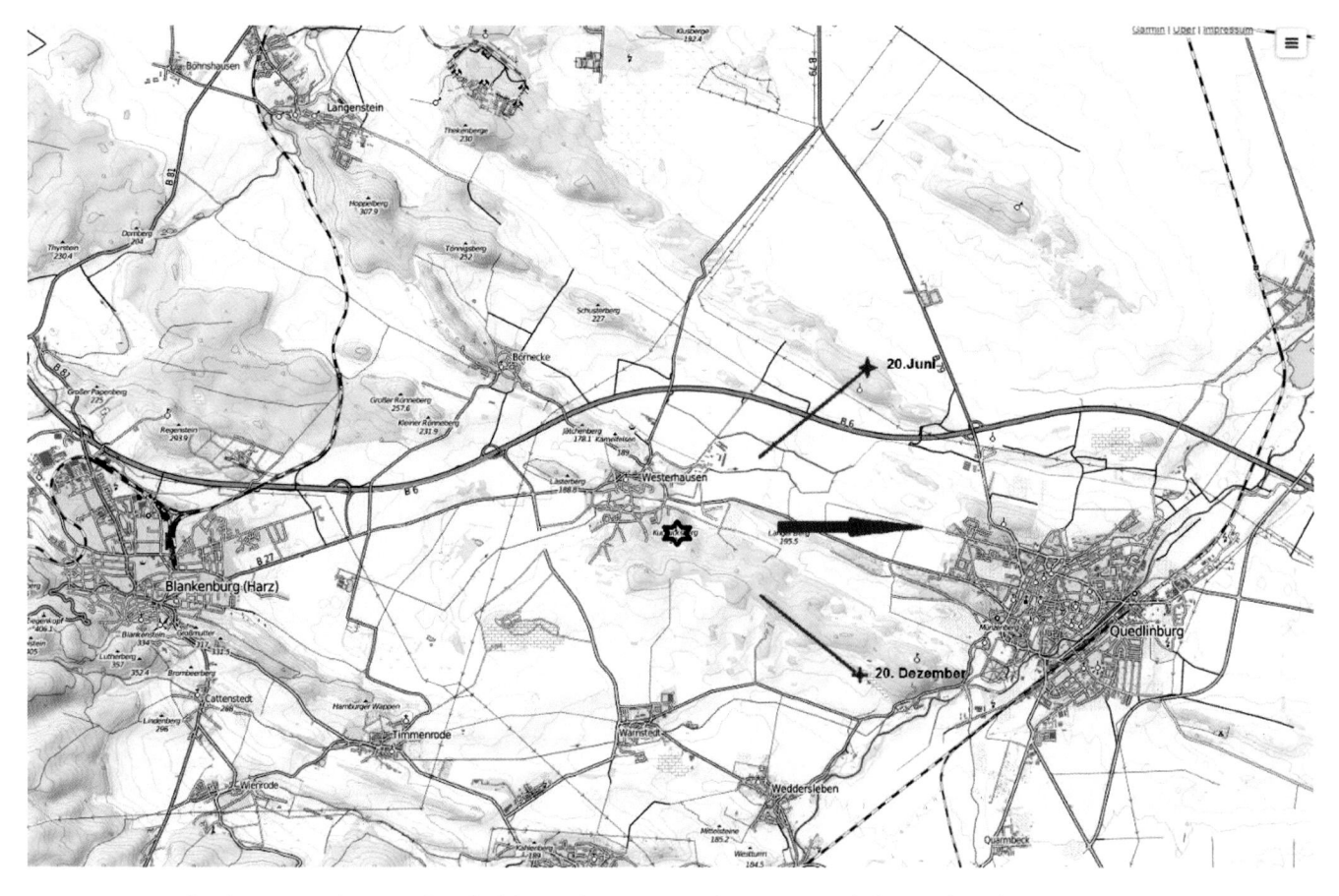

Die geografische Lage der Kuckucksklippe bei Westerhausen und die Sichtachsen dort.

Die Ansicht der Kuckucksklippe bei Westerhausen.

Der Sonnenaufgang am 19. März über dem „Kleinen Kamel" auf dem Langenberg bei Quedlinburg.
(Siehe Buchumschlag Rückseite)

Ansicht des markanten „Kleinen Kamels" auf dem Langenberg (jetzt zwischen Bäumen versteckt!)

Blick in der Morgendämmerung von der Kuckucksklippe zum Königstein bei Westerhausen.

E: Der Scharfenberg bei Westerhausen

Lage: Im Ort **Westerhausen** fahren wir zum Ortsausgang Richtung Quedlinburg. Hinter der Tankstelle, direkt vor dem Langenberg rechts abbiegen und an der Gartenanlage entlang in südlicher Richtung bis zur Wegekreuzung fahren. Hier nach links in die Gartenanlage abbiegen. Am besten stellen wir hier das Fahrzeug an der Seite ab. Von hier aus können wir den kleinen Berg bereits sehen. Er liegt genau östlich der Gartenanlage. Wir werden auf dem Feldweg bleiben und auf dem Weg durch die Gartenanlage bis zu dem großen „Eselstallstein" gehen (auf der rechten Seite). Die Bauern sprachen früher immer vom „Schartenberg". Der Berg liegt mitten in der Feldflur, ist also schlecht zu erreichen, der Felsen ist unauffällig, er reizte auch nicht zum Spielen, da nicht weit entfernt wesentlich größere Klippen da sind. Wir gehen hier quer durch das Feld bis an den Waldsaum auf der Westseite und dann oben auf dem Hügelkamm in den Wald hinein und erreichen schon nach wenigen Metern die kleinen Felsen. Der kurze Aufstieg lohnt, hier oben auf den Klippen findet man noch etwas ganz seltenes. Der kleine Sandsteinrücken ist übersät mit Näpfchen und Scharten und Rillen und wenigen symbolisch eingeritzten Figuren, die Strichmännchencharakter haben. Ähnliches kenne ich bei uns nur aus dem Umfeld von Kirchenportalen. Es sind auch Namen und Zahlen in Kyrillisch zu finden, aber diese Zahl ist sehr gering.
Man hatte aber eine sehr gute Sicht zum Langenberg, zum Eselstall, zum Königstein, zum Brocken und zum Schloßberg Quedlinburg. (Eventuell dazu dem Weg noch 50 m folgen). Es war also eine sehr zentrale Lage. Der alte Fahrweg nach Quedlinburg ging im geringen Abstand hier vorbei.

Höhe: 150 -160 m
Material: Sandstein

Sichtachsen: Die Rundumsicht ist kaum noch vorhanden. Durch die Zweige kann man die Sicht bis zum Bocken, zum Königstein und zum Hoppelberg ahnen, die Sicht zum Langenberg und in Richtung Eselstall ist möglich. Die Weitsicht wird jedes Jahr viel weniger durch den extremen Baumbewuchs in allen Richtungen.

Auf der Ackerfläche vor diesem Hügel wurde auch der massive Sandsteinblock gefunden, der sich jetzt als „Eselstallstein" an dem Feldweg aufgestellt befindet. Noch zwei weitere Steine in ähnlicher Größe liegen zum großen Ärger des Landwirtes noch immer unter der Feldflur und stören bei der Bewirtschaftung des Ackers.

Für mich gehört dieser unauffällige Felsbuckel mit zu den historischen Steinen hier in unserer Gegend. Zusätzlich auffällig ist er für mich durch seinen Namen, der hier auf menschliche Tätigkeit hinweist.

Gegenüber im Wald befindet sich noch der Galgenberg von Westerhausen, obwohl unser Ort nie eine Blutgerichtsbarkeit hatte. Ich vermute, dass man dort zur Zeit der Christianisierung einen Galgen aufgebaut hatte als Hinweis, sich dem alten Ringheiligtum „Eselstall" nicht weiter zu nähern. Dort befand sich einst ein sehr großer Steinkreis in einem flachen Tal, genau in der gleichen Himmelsrichtung hinter dem Galgenberg gelegen. Er war wohl noch bis etwa 1750 im Gelände erhalten und wurde dann zu handlichen Bausteinen zerschlagen. Damit wurden später zwei Forsthäuser und Bauten für die Rennbahn errichtet.

Die Lage des Wäldchens mit dem „Scharfenberg" inmitten des großen Feldes.

Der flache Felsrücken auf dem Grat des Scharfenberges entlang.

Die Ansicht des ersten Felsrückens mit Ritzungen und Mulden, die übrigen Felsen sind ähnlich.

F: Der Eselstall bei Westerhausen

Als **Eselstall** wird heute eine große Wiese mit einer daneben liegenden Ruinenfläche eines Gasthofes bezeichnet. Die Kellerwände waren aus Sandsteinen errichtet, wie auch die Nebengebäude des Forsthauses. Die große Wiese davor hat etwa die Größe des Steinkreises, der sich hier befunden haben soll. Allerdings war der Steinkreis schon lange zerstört, bevor der Gasthof gebaut wurde. Die Größe dieses Tales lässt einen Steinkreis dieser Ausdehnung aber problemlos zu.

Der historisch interessierte Uhrmachermeisters „Yxem" aus Quedlinburg beschreibt um 1850 den Steinkreis wie folgt.

Text: *Nördlich von diesen Hügeln(„Schösserköpfe") liegt ein nicht großes Thal, westlich, nördlich und östlich durch Hügel mit wenig freier Durchsicht begrenzt. Schauerlich ist es durch seine Abgeschiedenheit von allen gangbaren Wegen. Die Abhänge dieser Hügel waren früher kahler Sand und Sandsteine, nur an wenigen Stellen mit kaum fingerhoher Heide und Gras bestanden; ebenso war der Thalboden noch vor 20 Jahren. Jetzt ist einer der nordöstlichen Theile der der Thalgrenze mit Nadelholz bepflanzt. Das Thal heißt der* **„Eselstall"**. *Vor 25 Jahren hatte die östliche Hälfte des Thales ein gar eigenes Aussehen. Ein etwas ovaler Kreis von 350 und 500 Fuß war mit großen rohen Sandsteinen 30 bis 50 Fuß voneinander besetzt. In der Mitte des Dualkreises lag ein 10 – 12 Fuß hoher unregelmäßiger Sandsteinblock, dessen Ostseite offenbar glatt behauen, und in welchen Vertiefungen von Moos ausgefüllt, das auch darüber wucherte, schwachbemerkbar waren.*
Text Ende.

Die Reste dieses Steinkreises werden oft von Mystikern und anderen interessierten Wanderern gesucht, aber sie sind weg! Sie wurden als Baumaterial verbraucht. Er kann sich im Gebiet dieser Waldfläche oder daneben befunden haben. Dafür gibt es mehrere Gründe:

1. Die Textbeschreibung der Lage im Vergleich mit alten topografischen Karten ist passend.

2. Auf alten Forstkarten wird die Forstbezeichnung Eselstall benutzt. Alle anderen Forstortnamen sind im Laufe der Nutzung im Gelände gewandert, nur dieser ist hier geblieben.

3. Die damaligen Steine wurden zu Baumaterial verarbeitet. Reste sind noch dort in der Kellerruine des Gasthauses zu finden.

Auf dem „Sandberg" in Richtung Norden sind ebenfalls noch große Restfelsen vorhanden. Beim Betrachten findet man Keilspuren und Bohrlöcher. Felsenreste liegen ringförmig um die Kuppe verteilt und erinnern an eine Skizze von Steuerwald, die er „Steine am Eselstall" nennt. Es handelt sich bei der Skizze nicht um Reste des Steinkreises, sondern mutmaßlich um diese Hügelkuppe. An diesem Sandhügel wurde dann um 1830 begonnen, das Gelände zu bewalden. Hier war früher alles Steppe. Man tauchte damals die Wurzeln der Baum-Setzlinge in einen Brei aus Mehlkleister, Lehm und Erde, um zu erreichen, dass wenigsten etwas Feuchtigkeitsspeicherndes für die Wurzeln vorhanden ist. Nach etwa 5 Jahren hatte man diese Hürde gemeistert. Nun wurde das gesamte Gelände aufgeforstet und Quedlinburg hatte eigenen Wald an der Stadtgrenze. Um 1900 konnte die Stadt durch den Zukauf der Flächen von der Domäne Westerhausen diese Fläche nochmals vergrößern.

Der „Eselstallstein", südlich geht hier der Weg zur Rennbahn ab, nördlich davon liegt der Scharfenberg.

Die Skizze von Steuerwald (etwa 1845), „Steine am Eselstall".

Markante Steine auf dem Sandberg, verbliebene Reste mit Bohrlöchern.

Der zweite Restfelsen aus verquarztem Sandstein auf dem Sandberg.

Die Bielsteine im Nord-Ost-Harz

G: Die Bielsteinklippe am Ziegenkopf bei Blankenburg

Lage: Man findet diesen Punkt an der B 27 von **Blankenburg in Richtung Hüttenrode**, ca. 200 m hinter der Einfahrt zum Ziegenkopf. Der kleine Felsen liegt südöstlich dicht an dieser Straße. Man kann dazu in einer alten Wegeeinfahrt rechtsseitig anhalten. Bitte nicht auf gleichen Straßenseite auf den Berg Bielstein klettern, denn das nützt nichts, der Name wurde nur übertragen. Die richtige Felsnase befindet sich gegenüber, auf der anderen Straßenseite in Richtung Osten, also etwa 50 m in Richtung des Tales. Der alte Weg ist sogar ausgeschildert. Auf dem Felssporn wurde eine kleine Plattform gebaut, auf ihr befindet sich eine gemauerte Bank. Man kann von hier aus direkt in das „Braunesumpf -Tal" sehen, wenn der Bewuchs es zulässt. Unten in diesem „Braunsumpf – Tal" findet man übrigens eine Unzahl von verzwieselten und verzweigten Laubbäumen, ein uralter Hinweis für Erze oder Mineralien im Untergrund! Im Sommer ist die Sicht durch dieses Tal allerding fast komplett zugewachsen. Die Felsnase ragt in Richtung Südosten in das Tal und ist niedriger als die eigentliche Bergkuppe, die in Richtung Westen zu finden ist. Zusätzlich empfehle ich anschließend einen Aufstieg auf den Aussichtsturm des Hotels auf dem Ziegenkopf, dass sich etwas nördlich dieser Felsnase befindet. Von hier aus hat man einen sehr guten Ausblick an der Harzkante entlang in Richtung Osten und nach Norden in Richtung Huy und Börde. Auch der Brocken ist von der obersten Plattform aus ganz gut zu sehen. Das Hotel ist für eine Zwischenpause hier zu empfehlen. Hoffentlich wird die Sichtschneise zur Stadt Blankenburg hin bald wieder frei geschnitten, denn die Terrasse war für ihre weite Aussicht über Jahrzehnte in der Region berühmt.

Höhe: 405 m,
Material: Wissenbacher Schiefer

<u>Sichtachsen:</u>   Man hat eine gute Sicht ist in Richtung Nordosten und Osten, allerdings nach Süden, Westen und Norden sind nur Berge zu sehen.
Von diesem Felsenkopf aus gesehen geht zum <u>Frühjahrs- und Herbstanfang</u> die Sonne genau unten in der <u>Talkerbe</u> des „Braunes Sumpf"-Tales auf! Schon vom Ziegenkopf aus ist der Anblick nicht mehr so eindeutig, obwohl er nur etwa 100 m entfernt ist.
Bei guter Sicht wäre übrigens an klaren Tagen in 3 km Entfernung genau die <u>Landmarke Großvaterfelsen</u> zu sehen.
In der Geschichte des Namens „Ziegenkopf", so vermutet man, gibt es möglicherweise einen Zusammenhang mit der nordischen bzw. germanischen Mythologie. Der Kampfwagen Wotans, mit dem er ja bei Gewitter immer dort oben im Harz über die Wolken zieht, soll damals von zwei riesigen Ziegenböcken gezogen worden sein. Unterhalb des Ziegenkopfes wird das Waldgebiet auch bis heute noch Walhalla genannt. Das wiederum ist in der nordischen Mythologie der Name für den Ruheort gefallener Kämpfer. Man findet Geschichte, wohin man nur sieht.

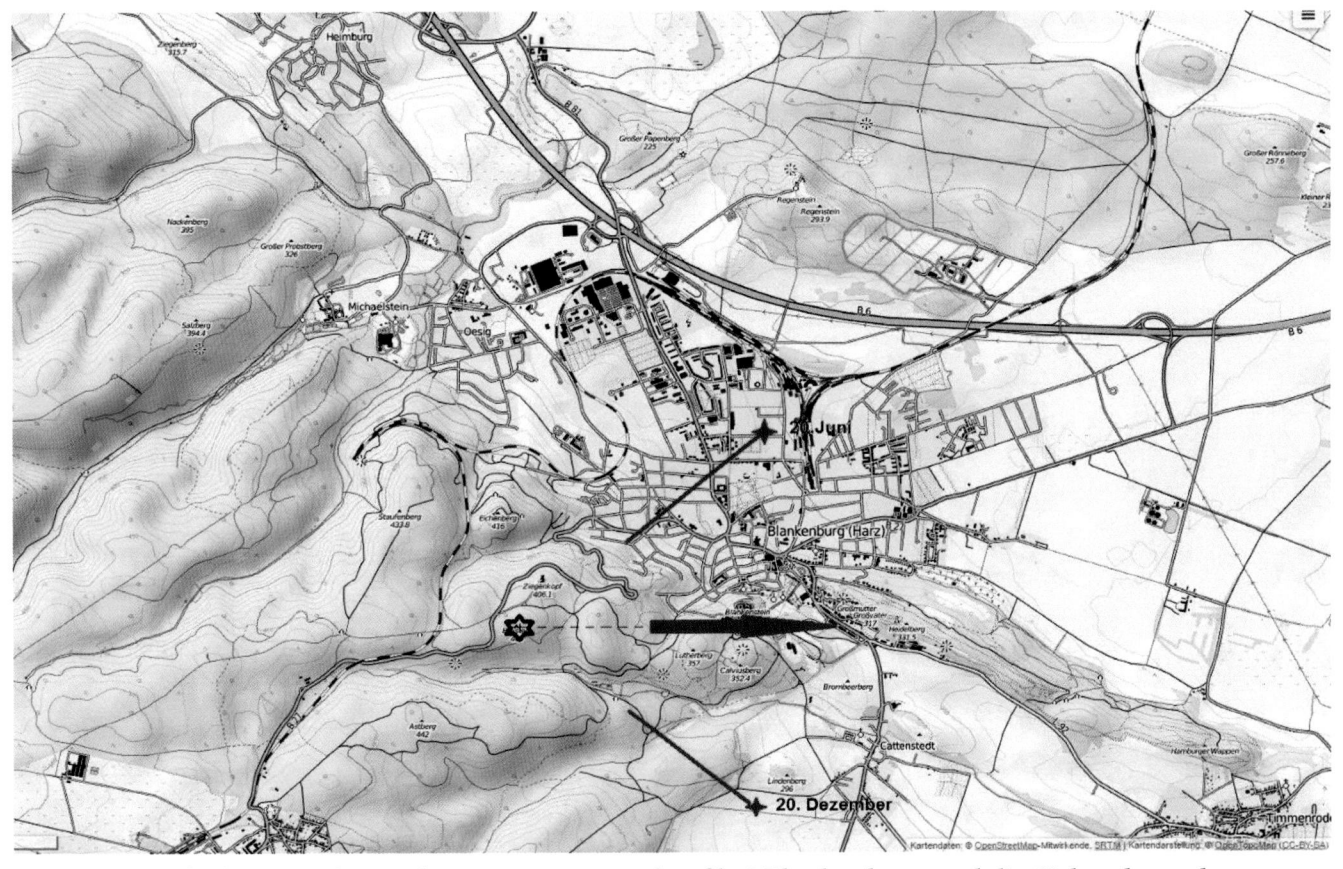

Die geografische Lage des Bielsteines am Ziegenkopf bei Blankenburg und die Sichtachsen dort

Der Bielsteinfels am Ziegenkopf bei Blankenburg (hinter der großen Eiche).

Der Sonnenaufgang am 21. März am Bielsteinkopf bei Blankenburg.

H: Die Bielsteinklippe am Klostergrund bei Blankenburg

Lage: Der kleine Felsenkopf befindet sich auf der Hangseite des Tales nach Westen hin. Man geht vom **Kloster Michaelstein bei Blankenburg** aus (Parkplatz) in Richtung Volkmarskeller im Klostergrund bergan. Nach etwa 1 200 m an den Fischteichen entlang, kommt man zu einer 3 – fach Gabelung. Der linke Weg führt um die Teiche, geradeaus geht man weiter nach Eggerode und zum Volkmarskeller. Wir gehen den rechten Weg am Hang schräg empor. Etwa 800 zieht sich der Weg bis oben, dann folgt eine Spitzkehre. Hier biegen wir nach Norden ab und stehen nach etwa 100 m genau neben der Bielsteinklippe. Diese Klippe liegt am östlichen Berghang, der im Moment kahl geschlagen ist.

Höhe: 420 m
Material: Kalkstein

Sichtachsen: Eine Ansicht des Panoramas ist nur nach Nordosten und Osten möglich, nach Süden, Westen und Norden sind nur die nahen Berghänge zu sehen.
Beim Frühjahrs- und Herbstanfang geht die Sonne genau in der linken Talkerbe am Hang gegenüber auf (Blankenburger Steinköpfe).
Bei guter Sicht wäre in 11 km Entfernung genau in der Richtung die Landmarke Kuckucksklippe bei Westerhausen zu sehen. (knapp über den Baumgipfeln)
Die Landmarke Regenstein ist tagsüber in ca. 3 km gut zu erkennen.

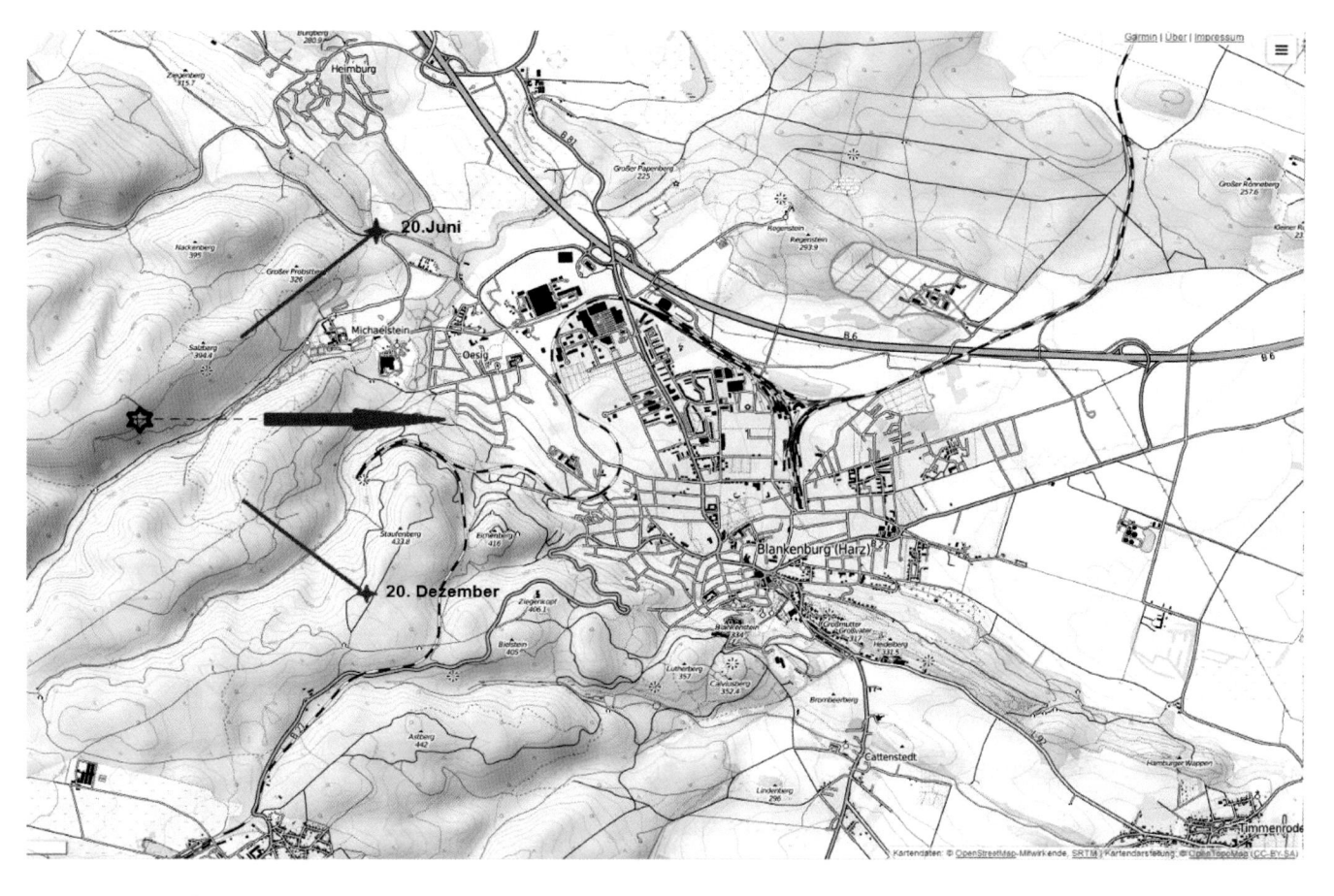

Die geografische Lage des Bielsteines am Klostergund bei Blankenburg und die Sichtachsen dort

Der Bielsteinkopf am Klostergrund bei Blankenburg.

Der Sonnenaufgang am 21.März am Bielsteinkopf am Klostergrund bei Blankenburg.

I: Der Bielsteinberg in Rübeland / Elbingerode

Lage: Am besten fährt man im Ort **Rübeland** an dem Abzweig Richtung Hasselfelde direkt hinter dem Bahnübergang über die Brücke und danach gleich nach links in Richtung Hasselfelde den Berg hinauf. Dann an der Tropfsteinhöhle bitte vorbei fahren, am alten Schulungsheim rechtseitig ebenfalls vorbei. Nach der nächsten Kurve bitte nach rechts abbiegen (Wegweiser: Friedhof) und dem Weg folgen. An der nächsten Gabelung linksseitig abbiegen. Auf dem Waldweg neben dem Friedhof entlang und dem breiten Waldweg folgen bis zu einer kleinen Hochfläche mit dem Naturschutzgebiet am Bielstein. Das Fahrzeug kann man hier seitlich abstellen und über die Wiese bis zu dem markant, mit Buchen bewachsenen, kleinen Hügel gehen. Diese Stelle ist der hohe Punkt des Bielsteinberges.

Höhe: 470 m
Material: Kalkstein

Sichtachsen: Eine Rundumsicht ist durch die hohe Position bis zu den nächsten Halden möglich. Diese Halden versperren nun in Richtung Norden, Süden und Westen die Weitsicht.
Beim Frühjahrs- und Herbstanfang geht die Sonne genau östlich in der Talkerbe auf! In dieser Richtung befindet sich auch ein stählerner Funksendemast. Weitere Landmarken sind nicht zu erkennen.

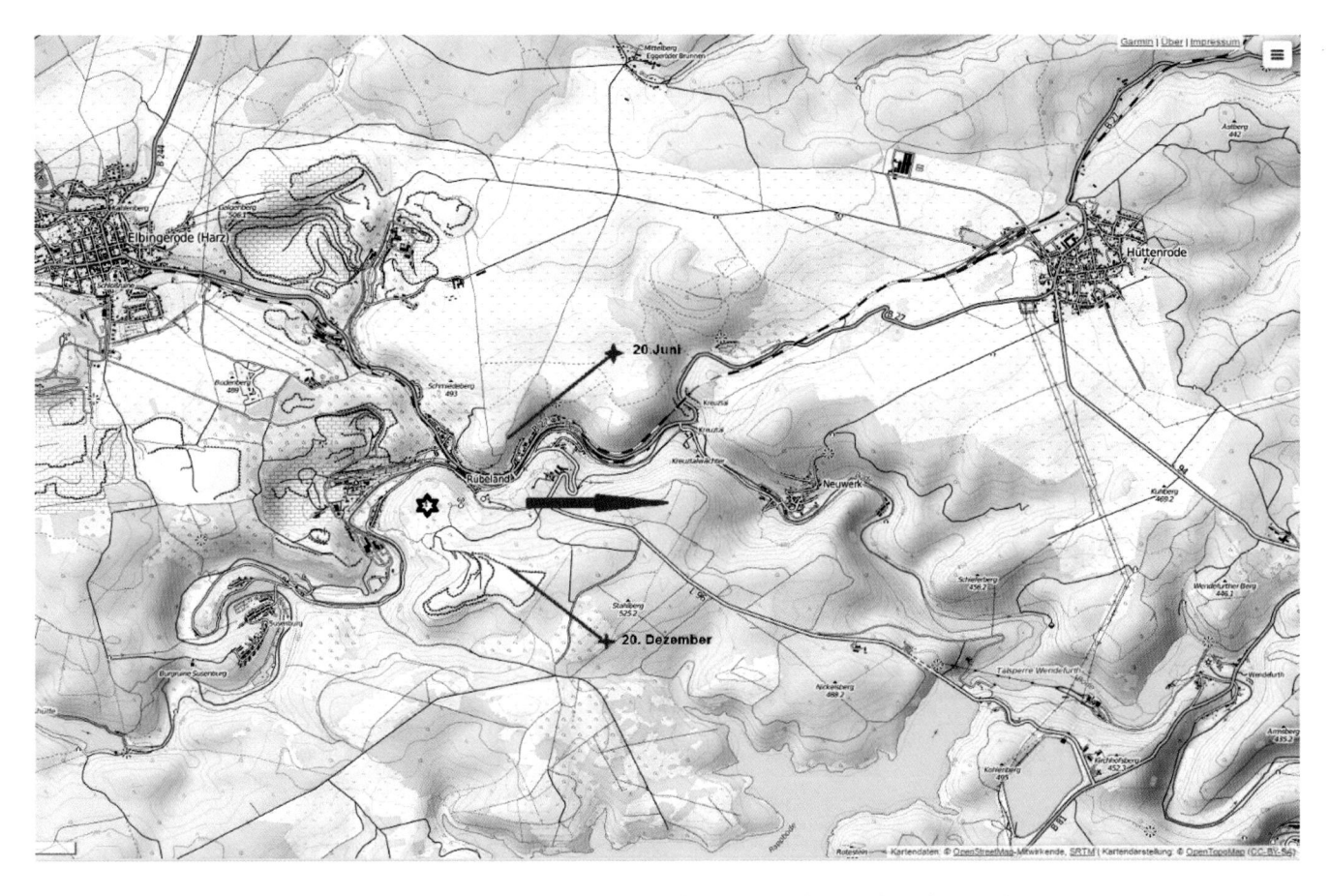

Die geografische Lage des Bielsteinberges bei Rübeland und die Sichtachsen dort

Der Bielsteinkopf auf dem Bielsteinberg bei Rübeland.

Die Vorhersage des Sonnenaufganges am Bielsteinkopf bei Rübeland mit dem Kompass.

Das Realfoto des Sonnenaufgangs am 21. März am Bielsteinkopf bei Rübeland.

J: Die Bielsteinklippe bei Altenbrak, einem Ortsteil der Stadt Thale

Lage: Im Ort **Altenbrak** fährt man an dem Abzweig Richtung Waldbühne nach Süden über die Bodebrücke und biegt dann sofort etwas nach links ab. Danach folgt man der Straße geradeaus weiter bergan. Dieser Bereich hier oben liegt an einer kleinen, uns bisher verborgenen Hochebene. Wir biegen mit der Straße am Friedhof scharf nach rechts ab und finden hier einen kleinen Parkplatz. Hier können wir das Fahrzeug abstellen und folgen nun dem Weg in Richtung Westen weiter. Der Weg führt rechts um die große Wiese herum, der Weg an den Ferienhäusern entlang ist breiter, aber der untere Weg führt weiter bis zum Ziel. Am Ende der Wiese, im Westen erkennen wir bereits einen kleinen Berg mit einer Doppelspitze. Dort müssen wir hin und hinauf. Die nördliche der beiden Spitzen ist unser Ziel. Der angelegte Weg führt am Fuße des Berges entlang, daran vorbei und erst von der Südseite hinauf. Dort ist der Hang nicht so steil und leichter zu besteigen. Der Weg ist gut ausgeschildert.

Diesen Berg nennt man hier laut der angebrachten Wanderschilder heute Kuckucksberg. In den Harzkarten dagegen ist es der Bielstein. Auf seiner zweiten, der nördlichen Spitze befindet sich eine Ruhebank und sogar ein kleines Gipfelbuch. Die Klippe ist eine Felsnase in Richtung Nordosten und danach fällte der Felsen sehr steil kegelförmig ab. Sie trug früher den Namen Bielsteinklippe. Sicherlich wurde aus dem Bielstein hier ganz einfach eine „Kuckeklippe" und aus dem Unverständnis heraus irgendwann dann eine „Kuckucksklippe".

Höhe: 420 m
Material: Grauwacke

Sichtachsen: Es ist eine gute Rundumsicht bis zu den nächsten Hügeln möglich. Diese versperren nach Norden, Süden und Westen allerdings die Weitsicht.

Beim Frühjahrs- und Herbstanfang geht die Sonne wieder genau östlich in der Talkerbe, genau über der kleinen Gaststätte „Jägerbaude" auf! Mitten in dieser Talkerbe befindet sich wiederum ein bewaldeter Hügelkopf, um den dort die Bode fließt.

Genau davor liegt die kleine Ausflugsgaststätte, die „Jägerbaude", in der man sich von dem Aufstieg erholen kann. Die Zufahrt beginnt übrigens schon vorn, vor der Wiese. Man muss dort eben nur nach links abbiegen. In dieser Gaststätte werden übrigens auch die älteren Gipfelbücher aufbewahrt.

Weitere Landmarken sind nicht zu erkennen.

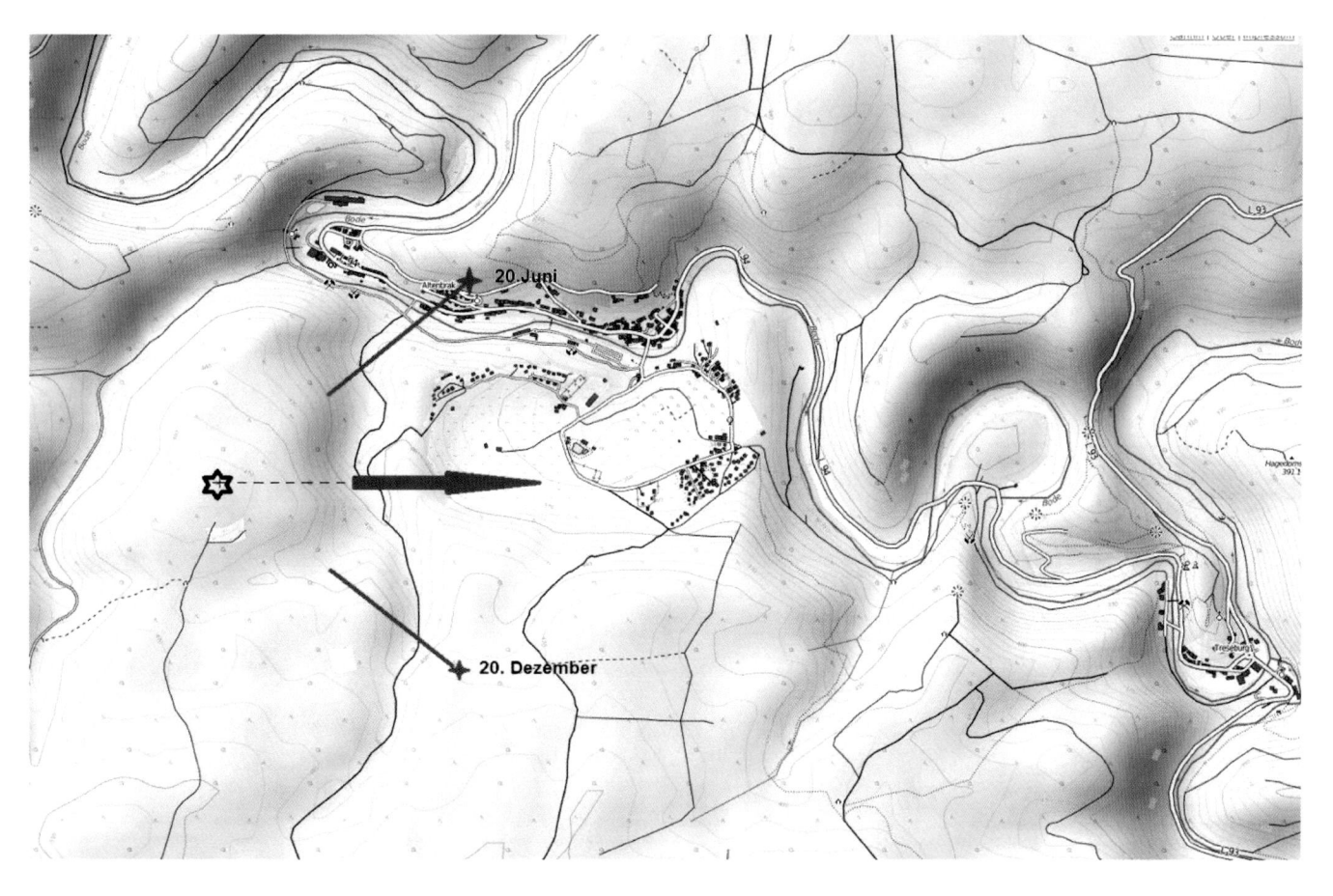

Die geografische Lage des Bielsteines bei Altenbrak und die Sichtachsen dort.

Der Bielstein bei Altenbrak, heute auch Kuckucksklippe genannt. (die rechte Kuppe)

Die Vorhersage des Sonnenaufganges zum Frühjahrspunkt vom Bielstein Altenbrak mit d. Kompass.

Der Sonnenaufgang am 22. März vom Bielstein bei Altenbrak aus gesehen.
(Siehe Buchumschlag Vorderseite)

K: Die Bielsteinklippe bei Wernigerode

Lage: In **Wernigerode im Ortsteil Hasserode** fährt man in Richtung Elend / Schierke, etwa 600 m hinter dem Bahnübergang sollte man nach rechts in die Straße „Freiheit" einbiegen. Dann biegt man etwas nach links „Am braunen Wasser" ab und fährt über die Brücke auf der „Bielsteinchaussee" weiter. Hier kann man bis zur Batteriefabrik an der *Steinernen Renne* fahren. An der nächsten Wegekreuzung, am Werkstor, kann man das Fahrzeug abstellen und auf der „Bielsteinchaussee" weiter gehen. An diesem kleinen Waldparkplatz findet man auch eine gute und große Übersichtstafel der hiesigen Wanderregion. Der Weg über die Bielsteinstraße ist gut besucht und ab und zu verirrt sich auch einmal ein Versorgungsfahrzeug des Gasthofes „Steinerne Renne" hierher. Nach etwa 2 km biegt man nach rechts von dem breiten Weg ab und folgt hier dem ebenfalls breit ausgebauten Forstweg. Bald kommen wir an dem neu eingefassten „Bürgerbrunnen" vorbei. Nach etwa 300 m biegt rechts ein Waldweg nach Osten ab, er führt in die Richtung des Aussichtspunktes „Wernigeröder Fenster". Auf diesem Weg kann man schon nach etwa 80 m rechts im Wald einen Trampelpfad entdecken. Diesen Pfad biegen wir ein und sind schon nach 30 m an den ersten Felsen der Bielsteinklippe. Sie wird jetzt hier oft die „Weisse Wand" oder „Silberne Wand" genannt. Sie besteht zum großen Teil aus Quarzit und ist offenbar bei den Bergsteigern sehr beliebt. Der auf der Wanderkarte am PKW-Stellplatz eingezeichnete Bielstein ist auch hier wieder falsch angegeben. Damit ist der Berg selbst mit seinen 525 m gemeint. Die „Bielsteinklippe" dagegen ist nur 490 m hoch und liegt hier an der östlichen Bergflanke versteckt.

Höhe: 490 m
Material: Quarzit („Weisse Wand" oder („Silberwand")

Sichtachsen: Man hat von dort oben eine gute Rundumsicht bis zu den nächsten Bergen durch die hohe Position. Der Blick nach Süden und Westen ist versperrt.

Beim Frühjahrs- und Herbstanfang geht die Sonne genau östlich in dem Tal zwischen dem Armeleuteberg mit 477 m (nördlich) und dem Kühnenkopf (südlich) mit 480 m auf! Dazwischen in der Mitte ist der etwas niedrigere Eichberg mit 435 m zu erkennen. Diese Angaben hierzu wurden mir von einem gut kletternden Bergfreund gemacht. Die Klippe selbst ist für mich nicht mehr besteigbar und von etwa 8 bis 12 m hohem Nadelwald umgeben. Ich habe diese Angaben auf einer topografischen Karte überprüft und sie erscheinen mir plausibel!

Wenn man nicht dem Abzweig zum „Wernigeröder Schaufenster" folgt, sondern noch wenige Meter weiter in Richtung „Bielstein"-Berg geht, so stößt man auf eine neu errichtete Wanderschutzhütte. Unweit davon steht die „Mönchsbuche" und an dem Wegedreieck davor sind einige historische Grenzsteine zu bewundern. Offenbar handelt es sich um mittelalterliche Wege, die sich hier im Wald kreuzten.

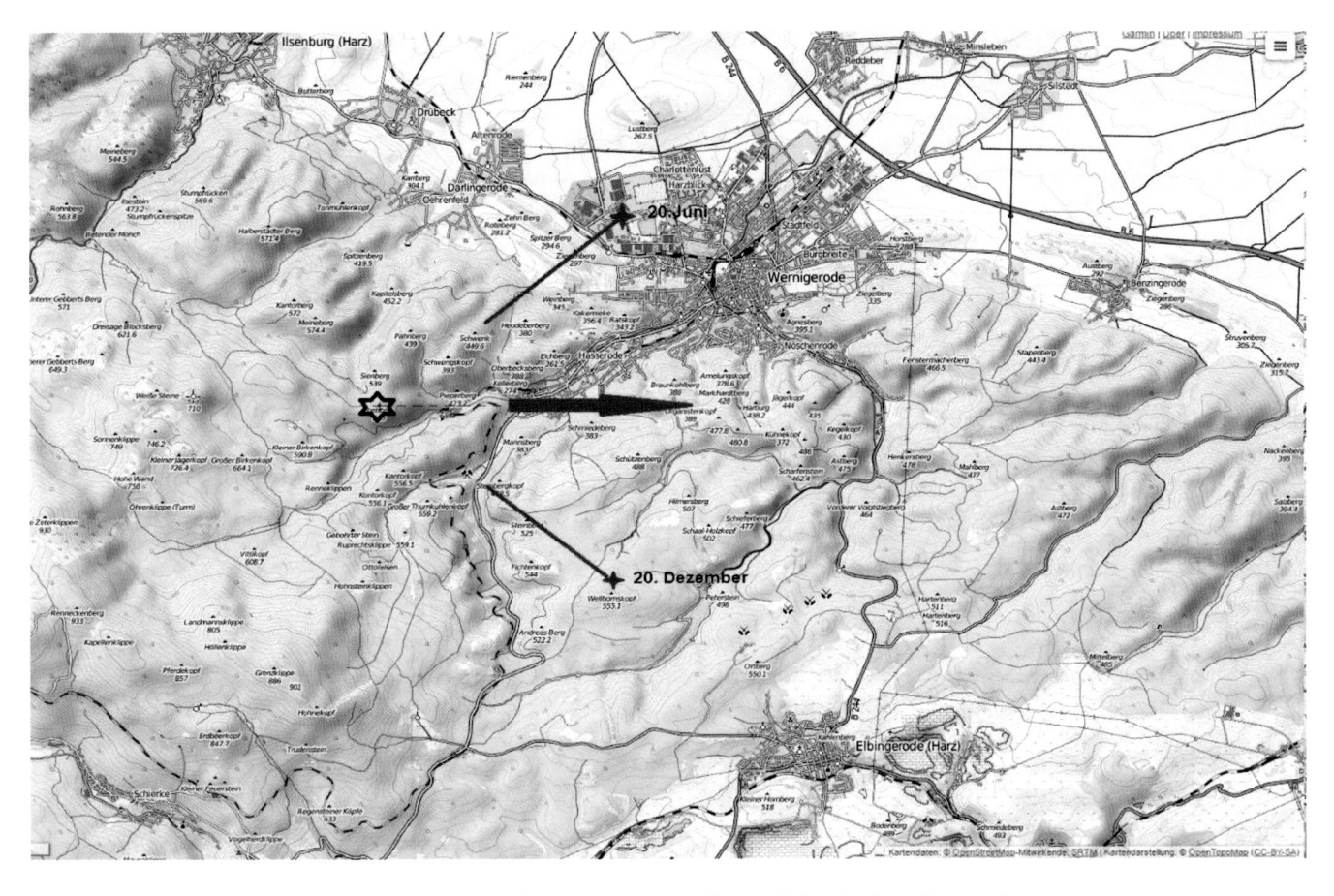

Die geografische Lage des Bielsteines bei Wernigerode und die Sichtachsen dort.

Die Bielsteinklippe oder heute „Silberne Wand" bei Wernigerode.

L: Das Hamburger Wappen

Das Hamburger Wappen bei **Timmenrode** ist eine sehr eindrucksvolle Felsgruppe, die ebenfalls immer mehr in den hohen Bäumen versinkt. Sie ist aber noch relativ gut sichtbar und gehört zur Teufelsmauer bei Blankenburg. Der reguläre Name ist „Drei Zinnen". Die etwa 40 m hohen Sandsteinfelsen stehen wie die Finger einer Hand nach oben und umschließen dort hoch oben das „Adlernest". In östlicher Richtung befinden sich Reste der Kucksburg und die Kuhhirtenhöhle, eine in Sandstein geschlagene große Höhlung mit einem breiten Fenster in Richtung Norden.

Auf dem Fußboden der Höhle, tief unter dem Sand verborgen, soll sich eine große Windrose im Stein befinden, die aber durch die hohe Sandschicht gut geschützt und nicht gestört wird.

Allerdings besteht die Möglichkeit, dass dieses Bild erst um 1950 von interessierten Jugendlichen hier eingeritzt wurde. Hinweise dafür sind vorhanden, außerdem ist die angewendete Ornamentik einfach geometrisch und zeigte keinerlei Hinweise auf mystische oder andere bildhaft verständliche Symbolik.

Es kann sich bei diesem gesamten Felsobjekt durchaus ebenfalls um ein Kultobjekt handeln, das auf Grund seiner exponierten Lage sehr interessant wirkt. Leider wurde bisher noch keinerlei Zuordnung oder Hintergrund für die einstige Nutzung gefunden, außer der Tatsache, dass dicht daneben, in östlicher Richtung, die Reste der alten Kucksburg in den Felsen gemeißelt zu finden sind.

Nicht weit entfernt ist allerdings die „Hohe Sonne" und weiter im Westen der „Großvaterfelsen", der einst ebenfalls eine Kultstätte war. (Großvater --> Großer Vater = Odin)

Ansicht des Hamburger Wappens per Zoom, links davon ist das Fenster der Kuhhirtenhöhle.

Das Profil der Felsentürme des „Hamburger Wappens" von der Seite gesehen.

Die Kuhhirtenhöhle am Hamburger Wappen.

Bielsteine im Nord-West-Harz

M: Die Bielsteinklippe bei Lautenthal

Lage:	Wir fahren nach **Langelsheim, in den Ortsteil Lautenthal** bis in die Ortsmitte. Auf dem Parkplatz an der Touristinformation können wir das Fahrzeug abstellen. Wir suchen uns jetzt den Bielsteinweg und gehen bergan durch den Ort. Danach folgen wir dem Bischofsthal, das dann geradeaus neben einem Bach in einen Wanderweg übergeht. Auf diesem bleiben wir, etwa 800 m weiter biegt nach links der Otto-Ernst-Weg ab. Auf diesem gehen wir in der Hauptwegerichtung weiter und erreichen nach etwa 1000 m den dortigen Bielsteinkopf. Wer sehr gut zu Fuß ist, kann auch schon 100 m hinter dem alten Wasserwerk, am Ende des Bischofsthalweges, links abbiegen, dann etwa nach 400 m, an einem Hochsitz steil nach rechts aufwärts, bis man den breiten Hauptfahrweg mit dem Wegweiser erreicht. Hier biegen wir nach links, also Norden ab und gehen auf dem beschilderten Weg in Richtung Bielsteinkopf.
Ein breiter Weg führt in einer großen Linkskurve geradeaus weiter. Nach einer kleinen Lichtung führt der Weg etwas bergab und dann nach Westen zu einer stabilen Bank genau ab Abhang, zum Orte hin. Hier haben wir eine wunderbare Aussicht nach Süd und West. Wir sehen, wie schon so oft, genau in ein Kerbtal. Hier weist das Tal aber in die Westrichtung. Es wird von zwei Bergen gebildet, über dem Wäldchen in der Mitte geht dann die Sonne unter. Die Sonnenaufgangsrichtung ist auf dieser Seite des Harzes von den Bergen und dem Wald versperrt.

Höhe: 495 m
Material: Schiefer

<u>Sichtachsen:</u>   Man hat hier eine gute Rundumsicht bis zu den nächsten Bergen durch die hohe Position. Der Blick nach Norden und Osten ist allerdings total versperrt.

Beim <u>Frühjahrs- und Herbstanfang</u> geht die Sonne genau westlich in der <u>Senke zwischen den beiden Bergen</u> unter! Weitere Landmarken sind nicht zu erkennen.

Bei meiner Vor-Ort Untersuchung für die Bielsteinklippe in Lautenthal bin ich auf ein weiteres Objekt hingewiesen worden, das sich im Nachbarort **Wolfshagen** befindet. Dort gibt es auf einem relativ flachen Hügel in westlicher Richtung, dem „Kleine Sülteberg", einen markanten kleinen Felsen. Dort oben befindet sich schon fast wieder am Osthang einen kleiner Diabasbuckel mit der markanten Bezeichnung "**Kalenderstein**". Von hier hat man eine gute Rundumsicht. An dem Stein sind von menschlicher Hand in alten Zeiten Zeichen und Markierungen angebracht, die auf bestimmte kalendarische Sonnenlinien hinweisen und sogar Sternbilder darstellen.

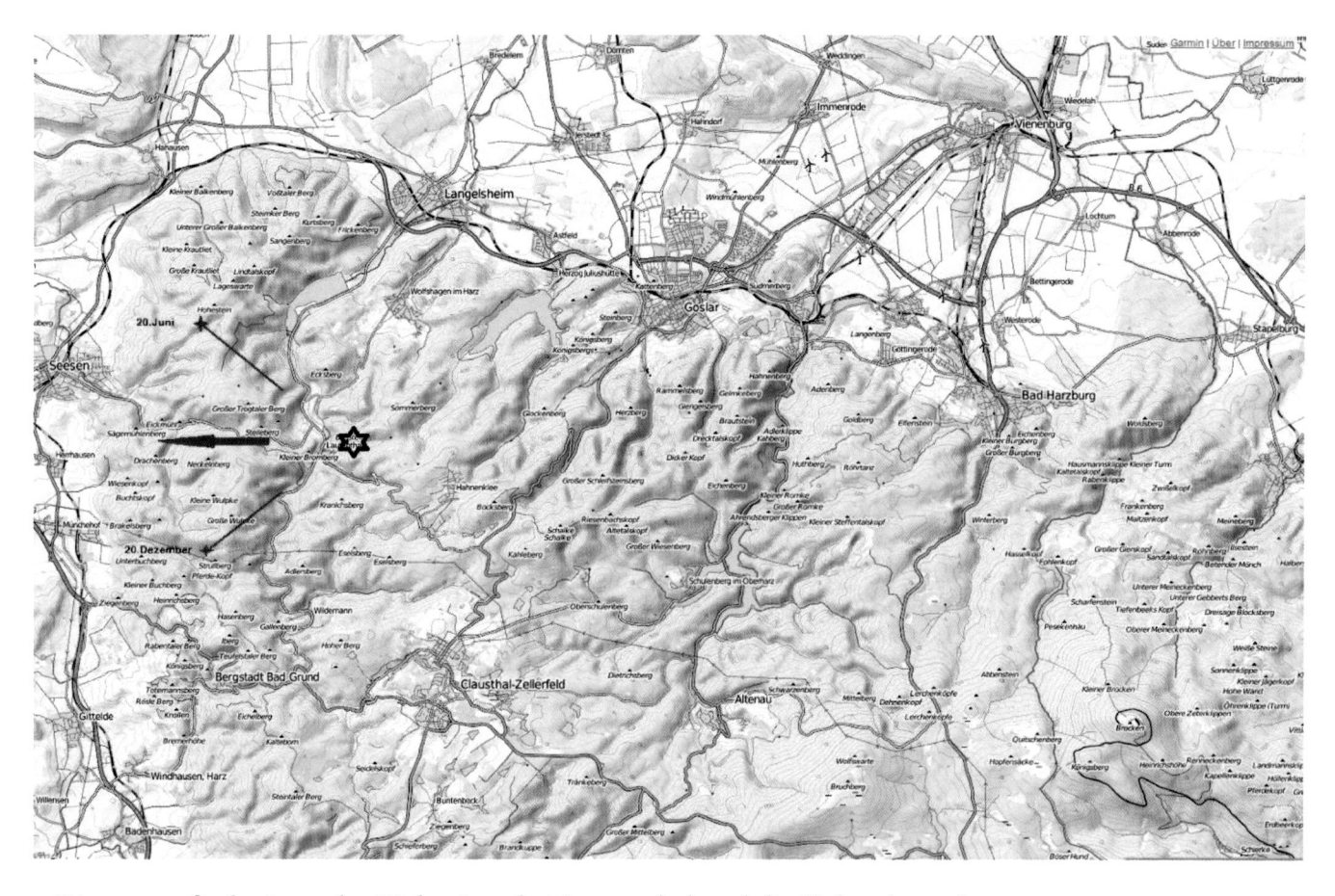

Die geografische Lage des Bielsteines bei Lautenthal und die Sichtachsen dort.

Der Bielstein am Bielsteinberg bei Lautenthal. Der richtige Bielstein ist der helle Fleck links am Berg!

Vorhersage für diesen Bielstein in Richtung Sonnenuntergang. Der Osten ist durch Berge verdeckt.

Blick auf den Sonnenuntergang am 18. März vom Bielstein bei Lautenthal.

N: Der Kalenderstein bei Wolfshagen

<u>Lage:</u>　　Im Ort **Wolfshagen** fahren wir auf der Hauptstraße von der L82 kommend in die Ortsmitte. An der zweiten, größeren Kreuzung biegen wir nach rechts in die Spanntalstraße ab. Nach weiteren ca. 150 m biegen wir nach links ab. Wir kommen an der Burghasenstraße, der Kreuzalle und dem Jahnskamp vorbei. Nun suchen wir uns dort einen Platz, um das Fahrzeug abzustellen. Hinter der Festhalle am Jahnskamp ist ein kleiner Parkplatz. Jetzt gehen wir zu Fuß weiter in Richtung Westen. Wir gehen den kleinen Berg empor. An der ersten Gabelung halten wir uns rechts und am nächsten Abzweig gehen wir schräg links weiter. Der Weg führt um den Kopf herum und es ist nur etwa 1200 m weit.
Wir bleiben auf dem Rundwanderweg. Er führt um die kahle Fläche herum, die einst der Orkan Kyrill hier hinterlassen hat. An dem Rundweg stet sich eine Schutzhütte. Von hier aus führt nach 200 m ein Wanderweg nach rechts direkt zum mitten auf der Fläche befindlichen Kalenderstein. Der Weg ist ausgeschildert. Wir müssen allerdings bis über den sanften Hügel hinüber. Es ist ein relativ unauffälliger Diabaskopf, der aus dem Bewuchs ragt. Er trägt aber doch einige merkwürdige Kerben und Löcher, die offenbar von Menschenhand geschaffen wurden und inzwischen schon sehr vom Wetter poliert und egalisiert wurden. Erst durch Hinweise von einem Sachkundigen oder nach vorheriger Einweisung kann man die Symbolik wirklich deuten. Dort war die Rundumsicht dank des Radikalschadens von dem starken Orkantief Kyrill wieder sehr ordentlich geworden, allerdings ist der Neubewuchs schon wieder gut da. Nur dank des Könnens und des Engagements eines sehr rührigen Heimatforschers, Herrn Immenroth aus Wolfshagen, kann ich heute auf Fotos zurückgreifen, die er schon etwa um das Jahr 2006 genau dort machte. Er hat sich jahrelang mit dem Sinn und dem Inhalt dieses Kalendersteines beschäftigt und auch gut bebildert beschrieben. Das Buch dazu trägt den folgenden Namen: „Der Wolfshäger Kalenderstein".

Höhe: ca. 350 m
Material: Diabas

Sichtachsen: Man hat hier gute Rundumsicht bis zu den nächsten Bergen, möglich durch die hohe Position. Der Blick nach Norden ist durch neuen Bewuchs schon wieder eingeschränkt.
Beim Frühjahrs- und Herbstanfang geht die Sonne genau östlich in einer Talkerbe am Heimberg auf und entgegengesetzt an einer eindeutigen Landmarke hinter dem Sangenberg im Westen unter! Nach meiner Vermutung lautete der einstige Name Sonnenberg – zumindest reizt diese Vorstellung.
Noch viele andere Landmarken sind im Umfeld zu erkennen.
Das Besondere an diesem Stein sind die zusätzlichen Visurlinien für die Sommersonnenwende und auch die Wintersonnenwende. Er dürfte in der Steinzeit geschaffen worden sein und hat in Europa nur ein oder zwei ähnlich gestaltete, vergleichbare Parallelen. Eines davon steht wohl bei Wien.
Durch die hohe Lage dieser sanften Kuppe ergeben sich sehr gute Visurpunkte an den umliegenden Bergen.
Im Umfeld existieren noch sehr viele andere markante Berge, von denen einige die Namen alter germanischer Götter tragen und eigenartigerweise rasterförmig im dortigen Gelände zu finden sind.

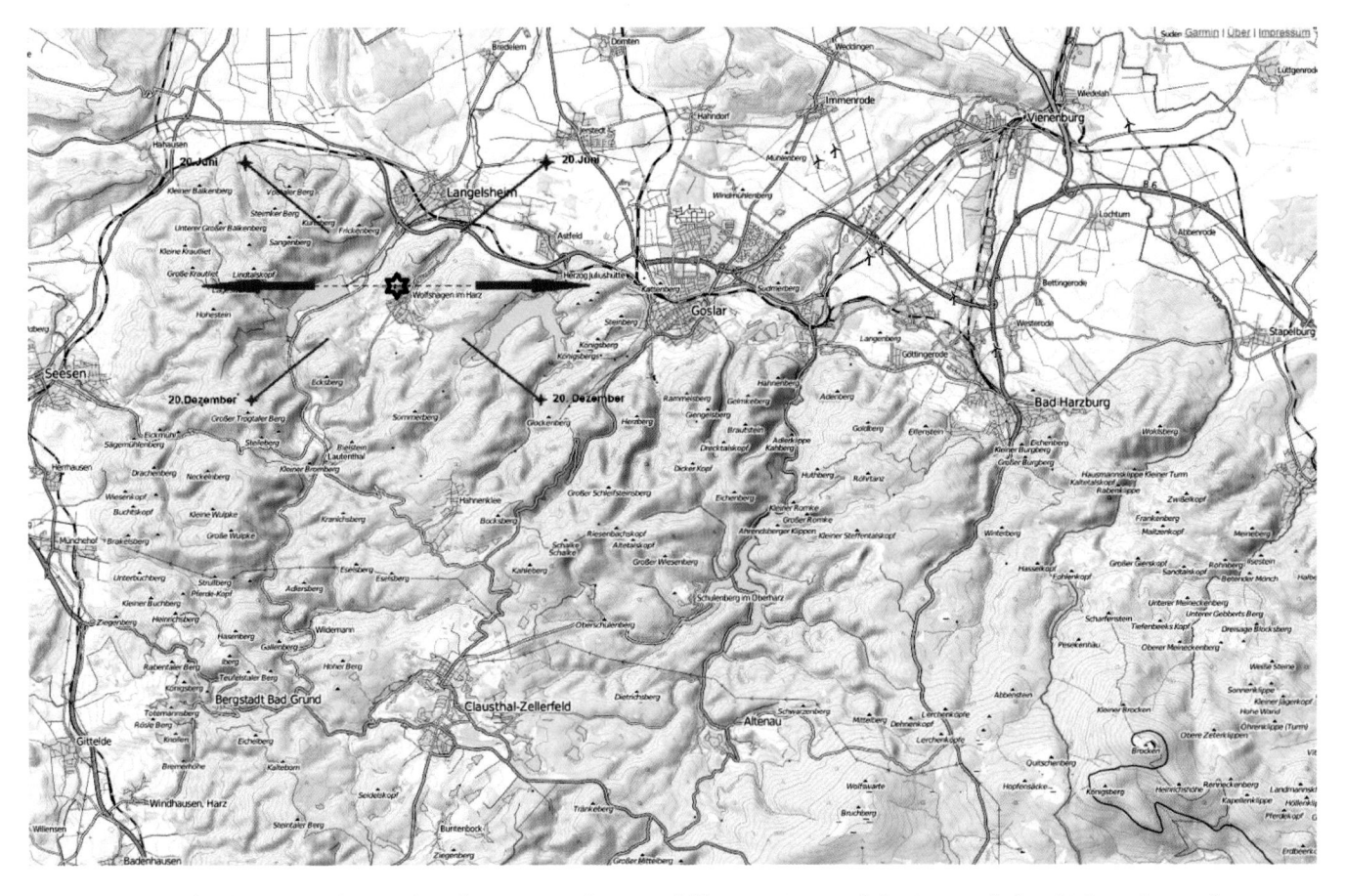

Die geografische Lage des Kalendersteines bei Wolfshagen/Langelsheim und die Sichtachsen dort.

Der Kalenderstein bei Wolfshagen auf dem kleinen Sülteberg.

Der Sonnenuntergang zur Sommersonnenwende in einer Kerbe des Wolfshäger Kalendersteines.

Sonnenaufgang in der Kimme, gesehen zur Sommersonnenwende auf dem Wolfshäger Kalenderstein.

Bielsteine im Südharz

O: Der Bielstein bei Stolberg (Südharz)

Lage: In **Stolberg** fahren wir eine schmale Straßen zu dem westlich gelegenen, kleinen **Ortsteil Hainfeld**. Die südliche Straße schlängelt sich ganz sanft an dem Berg empor, bis man an der forstlichen Einrichtung Hainfeld steht. Von hier aus kann man jetzt gut wandern. Die Eichenforststraße führt genau nach Süden und ist stabil zum Holztransport ausgebaut. Nach etwa 1,5 km biegt rechts ein Weg ab. Diesem folgen wir etwa 200 m, dann finden wir im Wald eine flache Erhöhung mit 479 m. Leider waren zu dem Zeitpunkt meines Besuches dort Forstarbeiten noch nicht abgeschlossen und ein Vordringen durch das Bruchholz war für mich nicht möglich. Das Resultat: Dieser Bielstein ist kein Felsenkopf, sondern ein Hügel, im Gehölz kaum wahrnehmbar, der Weg ist stellenweise stark sumpfig (durch Wildschweine). Der Waldbewuchs ist so stark, dass keinerlei Sichtachsen einen Erfolg versprechen. Ich bin auf dem Rückweg auf einen Nebenhügel in einer freieren Fläche gegangen. Von dort aus war die Sicht ebenfalls vermindert, zumindest war aber von dort etwa in der östlichen Richtung ein Berg mit einem prägnanten Metallturm zu erkennen. Es war der Auerberg mit dem Josephskreuz. Dieser Hügel brachte mir jetzt eine brauchbare Sicht, aber von der verkehrten Stelle und auch keine eindeutige Landmarke.

Als Erfolg möchte ich das nicht werten.

Höhe: 479 m,
Material: Diabas, im Umfeld auch Porphyr

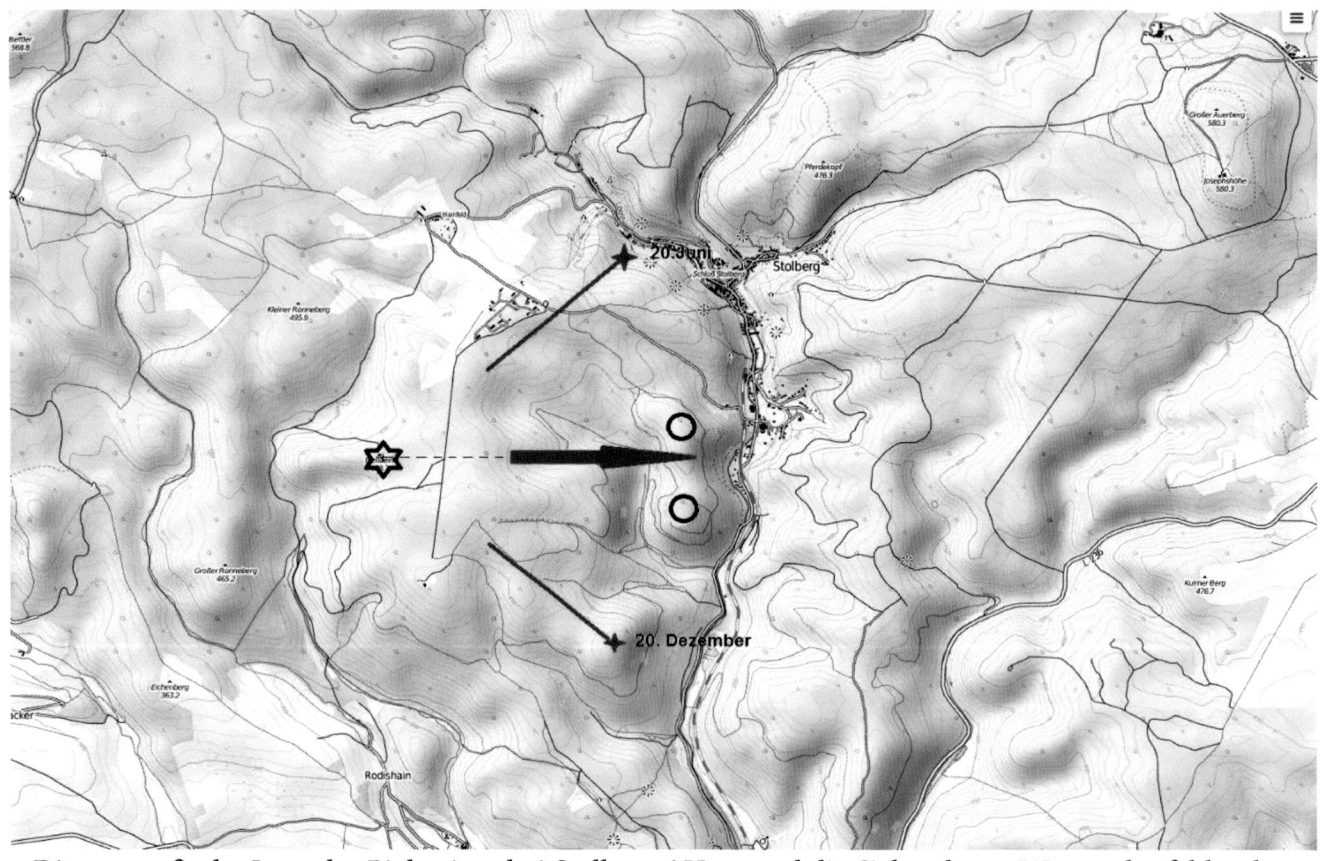

Die geografische Lage des Bielsteines bei Stolberg / Harz und die Sichtachsen. Wegen der fehlenden Panorama-Ansicht habe ich hier die beiden betreffenden östlichen Bergkegel markiert.

Der leichte Hügel im Wald bei Stolberg, mehr ist für mich als Bielstein nicht erkennbar.

In der Ferne, etwa in östlicher Richtung ist der Auerberg zu ahnen!

P: Der Bielstein bei Ilfeld (Südharz)

Lage: In **Ilfeld** begibt man sich in den alten **Ortsteil Wiegersdorf**, der sich östlich des Hauptortes befindet. Man folgt dann der Straße in Richtung „Zum Rödigen":

Als Start bietet sich der Parkplatz am Sportplatz bzw. Friedhof in Ilfeld / Wiegersdorf an. Wir folgen dem breiten Fahrweg direkt ins Gottestal hinein. Nun verlassen wir den Ort und bleiben in dem Buchenwald, rechts an dem steilen Anstieg liegt ein Grillplatz in einem alten Porphyritbruch befindet. Wir gehen den Talweg weiter und gelangen nun ins obere Gottestal. Nach einer leicht ansteigenden Strecke kommen wir an eine Waldwegkreuzung. Hier biegen wir nach links ab und folgen dem relativ breiten Weg am Hang empor. Wir kommen vorbei an der Kupfertalsklippe zur Bielstein - Aussicht, die sich wie eine Kanzel über das Tal erhebt. Das Gottestal liegt uns regelrecht zu Füßen. Etwa 100 m weiter in das Tal hinein befinden sich noch weitere Klippen, die auch die „Hinteren Bielsteine" genannt werden. Die richtungsweisenden Umstände belegen allerding, dass nur der vordere Bielstein der echte ist.

Zu diesen Steinen speziell hier die Bielstein - Sage: Die „Bielsteinkanzel" umrankt eine alte Sage. Vor langer Zeit soll hier der Waldgott Biel gelebt und von seiner „Gotteskanzel" aus geherrscht haben. Priester und die Waldleute aus den nahen Siedlungen dienten und versorgten den Waldgott. Die Christianisierung, die durch Boten des Bischofs Christoph Bonifacius auch entlegene Walddörfer erreichte, beendete diesen heidnischen Götter und die damit verbundenen Bräuche. Zum Abschluss entstand ja dann auch das große Kloster hier in Ilfeld. Die Namen der Waldwege sprechen ja außerdem eine eigene Sprache.

Höhe: 405 m,
Material: Porphyrit

<u>Sichtachsen:</u>   Eine Sicht ist nur nach Südwesten und etwas nach Osten möglich, nach Süden, Westen und Norden sind nur bewaldete Berge zu sehen

Beim <u>Frühjahrs- und Herbstanfang</u> geht die Sonne genau unten in der Ebene zwischen dem „Falkenstein" und dem „Poppenberg" auf! Vom hinteren Bielstein aus ist der Anblick absolut nicht vergleichbar, obwohl er nur etwa 100 m entfernt ist. Damit steht für mich fest, welches der „echte Bielstein" ist. Sehr gut ist von hier oben aus dem Tal heraus auch der Ort zu überschauen.

Außerhalb des Ortes in nördlicher Richtung existieren noch zwei weitere markante Felsen, das sind der „Mönch" und der „Gänseschnabel", über die ebenfalls kleine Sagen existieren. Diese Felsgebilde sind nadelartige Türme aus dem gleichen Porphyrgestein, das hier zur dieser markanten Säulenbildung an den Felsflanken neigt. Ich kann mir nun ganz gut vorstellen, dass dieser sehr markante Bielsteinfelsen, der einst zur Sonnenstandsbestimmung diente, später als ein Kultobjekt verehrt wurde. Für die Anhänger des neuen, christlichen Glaubens war es sicherlich ein Zeugnis des heidnischen Glaubens und der Götzenverehrung. Aus diesem Grunde wurde er von den damaligen Eiferern einfach umgestoßen. Es war sicherlich nur eine kleine Mühe, diese Steinsäule mit einem großen Holzhebel zum Umsturz zu bringen.

Aus Neugier auf die optische Wirkung habe ich im Foto einfach einmal die Spitze des Gänseschnabels zum Test kopiert und dann einmal auf den Restfelsen des Bielsteines gestellt. Er sieht dann wirklich gleich wieder sehr markant und erhaben aus.

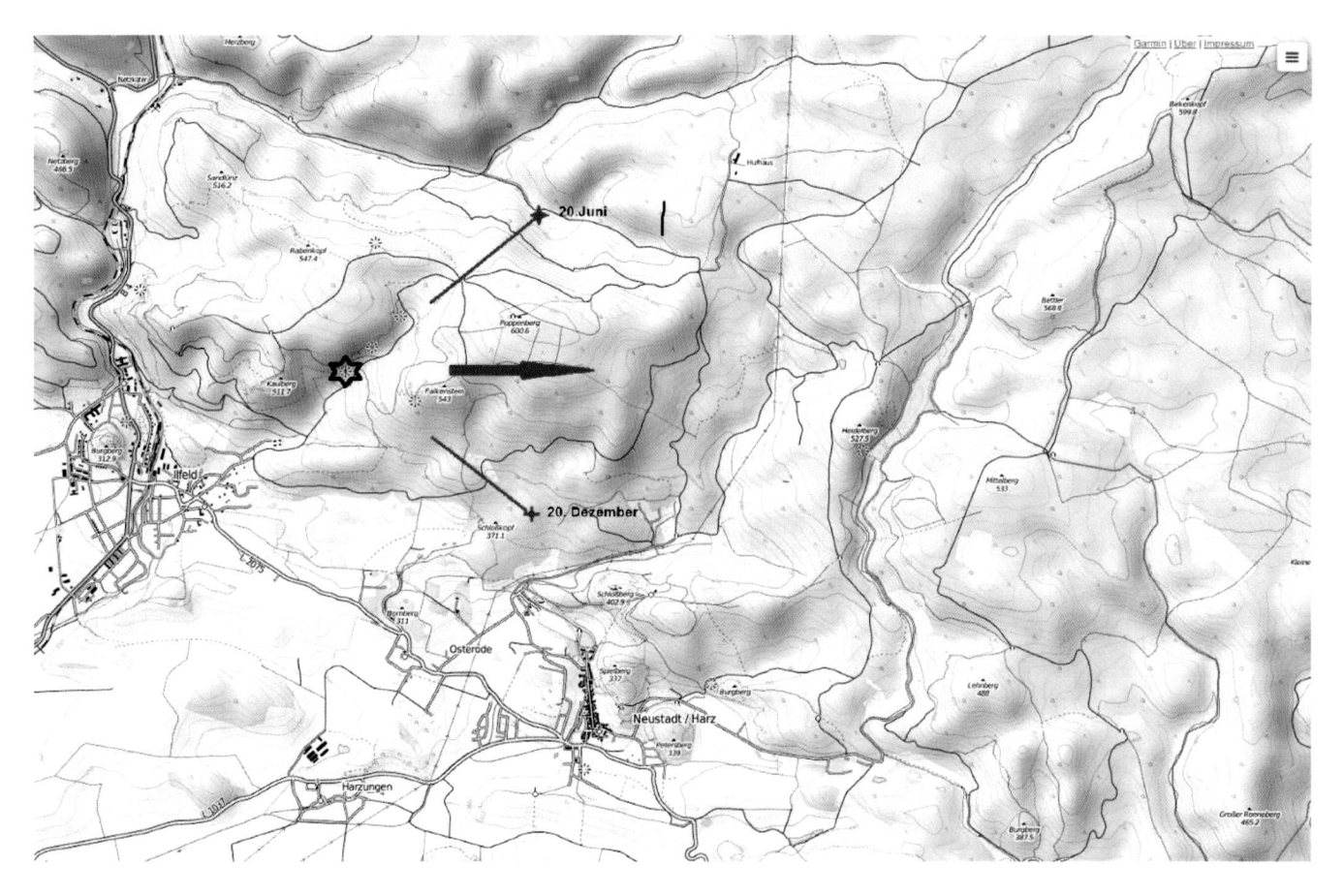

Die geografische Lage des Bielsteines bei Ilfeld und die Sichtachsen dort.

Der Bielstein über dem Tal als Aussichtspunkt.   Der Bielstein mit „Verlängerung" als opt. Spielerei.

Sonnenaufgang

Blick vom Bielstein Ilfeld in Richtung Osten, die bekannte Aussicht mit der Vorhersage per Kompass.

Der Sonnenaufgang am 21. März vom Bielstein bei Ilfeld / Südharz aus gesehen. Leider ist mir bisher noch keine bessere Fotoaufnahme gelungen.

Die Landmarken:

Nach Ansicht einiger Archäologen soll vor 2000 Jahren die Humusschicht hier bei uns wesentlich dünner gewesen sein, so dass der Bewuchs auf den Berghängen erst neuzeitlich stärker wurde. Danach ist der Baumbewuchs in der Nordharzregion ab dem Neolithikum wieder zurück gewichen. Das muss sehr markant gewesen sein. Wenn ich bedenke, wie sich allein die Änderung durch das Aufforsten in den letzten 50 Jahren bei uns am Orte ausgewirkt hat, das war enorm. Man merkt das ja schon an den Bergen um unseren Ort. Früher waren sie relativ kahl und sandig. Heute wachsen in jedem Felsspalt und hinter jedem Stein nicht nur Moose, sondern Farne, Birken und Kiefern.

Als man vor gut 200 Jahren mit der Aufforstung der vielen Sandhügel zwischen den Orten Quedlinburg, Westerhausen und Warnstedt begann, probierte man mühselig herum. Es dauerte dann mehrere Jahre, bis man von einem wirklichen Erfolg sprechen konnte. Heute haben wir überall Kiefern- oder Mischwald, wohin wir auch gehen. Wir fühlen uns dadurch mehr zum Harz gehörig. So schön, wie die vielen Bäume auch sind, wir haben aber einiges an Übersicht dadurch verloren! Ich habe jetzt versucht, die vielen alten „Landmarken", die früher den Bewohnern hier zur Orientierung ohne Karte und Kompass zur Verfügung standen, wieder zu finden. Es war stellenweise schon schwierig. Als Landmarke bezeichne ich Merkpunkte (mundartlich: „wat taun Marken" – also etwas zum Merken!).

Diese Punkte sind langlebig und schon von weitem zu identifizieren. Leider sind heute viele von ihnen in der Bewaldung der Kulturlandschaft versunken und erlauben somit keine eindeutigen Peilungen mehr. Diese Sichtkontakte sind jetzt oft nur noch über die topografischen Karten nachvollziehbar. Bei den Peilversuchen auf der topografischen Karte bin ich mehrfach auf eine Anhöhe nördlich von Hedersleben gestoßen, die aber selten als Berg wahrgenommen wird. Es ist eine sanfte Höhe. Um deren Namen zu ermitteln, bat ich bei einem größeren Landwirt des Ortes um Auskunft. Dort erfuhr ich dann den Namen der Feldflur. Sie wird noch heute Markberg genannt, der Name ist sicherlich sehr alt!

Eine ähnliche Anhöhe befindet sich östlich von Badeborn bei Quedlinburg, es ist der Ruhmberg mit 196 m. Nach Auskunft eines älteren, heimatinteressierten Bürgers, Herrn G. Severin, befindet sich neben dem Berg ein alter Steinbruch, also gab es hier einst eine Klippe. Die Schreibweise wurde geändert. H in „Ruhm" wurde wohl erst nach einem Manöver in diesem Gebiet eingesetzt, als auf dieser Anhöhe hier Bismark zur Beobachtung weilte. Vorher war es nur der Rumberg, wohl nach der Möglichkeit benannt, dass man von dieser Stelle aus die beste Rundumsicht hatte (vor der Baumaufforstung). Man konnte von hier aus bei guter Sicht bis zu 30 Orte in der Umgegend erkennen. So könnte man viele dieser Landmarken mit den einzelnen Details erläutern, was aber meiner Meinung nach den Rahmen dieser Betrachtung sprengen würde. Nachfolgend habe ich die mir hier auffälligsten Landmarken unserer Region in einer Übersicht zusammengestellt. Die Zahlen in den Klammern sind Markierungen auf einer folgenden Karte.

Blankenburg, Bielsteinklippe am Ziegenkopf	405 m	
Blankenburg, Bielsteinklippe am Klostergrund	420 m	
Blankenburg, Landmarke Henning Mönch	260 m	(1)
Blankenburg, Großvater	317 m	(2)
Blankenburg, Regenstein	293 m	
Derenburg, Thyrstein	230 m	(3)
Heimburg, Alteburg	280 m	(4)
Wernigerode, Bielsteinklippe	525 m	
Wernigerode, Kühnenkopf	480 m	(5)

Rübeland, Bielsteinberg	470 m	
Altenbrak Bielsteinklippe, Kuckucksklippe	420 m	
Lautental, Bielsteinklippe	496 m	
Westerhausen, (Bielsteinklippe) Kuckucksklippe	186 m	
Westerhausen, Königstein	189 m	
Westerhausen, Scharfenberg	180 m	(7)
Quedlinburg, Schloßberg	180 m	(6)
Quedlinburg, Landmarke Langenberg	195 m	(8)
Quedlinburg, Eselstall	170 m	(9)
Quedlinburg, Landmarke Lehof - Berg	150 m	(10)
Thale, Roßtrappe	438 m	(11)
Thale, Hexentanzplatz	457 m	(12)
Ballenstedt, Gegensteine	243 m	(13)
Halberstadt, Klusfelsen	192 m	(14)
Halberstadt, Gläserner Mönch	230 m	(15)
Langenstein, Hoppelberg	308 m	(16)
Hedersleben, Markberg	203 m	(17)
Baderborn, Ruhmberg	196 m	(18)
Timmenrode, Hohe Sonne, Teufelsmauer	290 m	(19)

Es kommt bei diesen Bergen tatsächlich nicht auf die Höhe an, sondern wirklich nur auf die exakte Lage in der dazugehörigen Visurlinie und die Sichtbarkeit.

Die Bielsteine sind deshalb selten die höchsten Punkte des Berges, sondern oft markante Felsnasen am Hang. Sie sollten zu finden sein und von dort wurde gepeilt, geguckt!

Wir müssen bei unseren heutigen Betrachtungen auch davon ausgehen, dass zum Zeitpunkt der Wahl der „Bielsteine" auf unseren höheren und markanten Bergen noch keine und schon gar nicht solche großen Schlösser oder Burgen standen! Was vor allem aber unvorstellbar ist – es müssen weite, steppenartige Verhältnisse geherrscht haben, also wenig oder kein Wald, zumindest an oder auf den Bergen.

Bielstein- und Landmarkentabelle

Zum allgemeinen Vergleich habe ich jetzt noch einmal in einer Tabelle alle mir bekannten Bielsteinen und Landmarken hier im Harz und Harzvorland mit ihren Eigenschaften in einer Übersicht zusammengestellt. Manche der Landmarken tragen auch durchaus die Eigenschaften von Bielsteinen, wurden aber nicht so benannt. Möglicherweise kann diese Auflistung durchaus noch viel weiter vervollständigt werden.

Nr.	Name	Sonnenaufgang		Sonnenuntergang	
1 Bielstein	Bielst.Ziegenk.Blbg.	Frühl.anf.	Großvaterfelsen, Talkerbe	Frühl.anf.	0
		So. So.w.	0	So. So.w.	0
		Wi. So.w.	Roßtrappe	Wi. So.w.	0
2 Bielstein	Bielst.Klostergr. Blb	Frühl.anf.	Kuckucksberg W. Kleines Kamel Talkerbe lins an den Steinköpfen	Frühl.anf.	0
		So. So.w.	0	So. So.w.	0
		Wi. So.w.	0	Wi. So.w.	0
3 Landmarke	Hans Mönch Blbg.	Frühl.anf.	Großer Rönneberg	Frühl.anf.	0
		So. So.w.	Osterholz	So. So.w.	0
		Wi. So.w.	Großvaterfelsen,	Wi. So.w.	0

Nr.	Name	Sonnenaufgang		Sonnenuntergang	
4 Landmarke	Großvater Blbg.	Frühl.anf.	Roßhöhe + Eselstall	Frühl.anf.	0
		So. So.w.	Schusterberg (Steinberg) Börnecke	So. So.w.	0
		Wi. So.w.	0	Wi. So.w.	0
5 Bielstein Landmarke	Regenstein Blbg.	Frühl.anf.	Lehof - Berg	Frühl.anf.	Brocken
		So. So.w.	Hoppelberg	So. So.w.	0
		Wi. So.w.	0	Wi. So.w.	Eichenberg
6 Bielstein Landmarke	Thyrstein Blbg.	Frühl.anf.	Thekenberg	Frühl.anf.	Struwenburg
		So. So.w.	Osterholz	So. So.w.	0
		Wi. So.w.	Heersberg	Wi. So.w.	0

Nr.	Name	Sonnenaufgang		Sonnenuntergang	
7 Landmarke	Bielst. Werniger.	Frühl.anf.	Kühnenkopf	Frühl.anf.	-
		So. So.w.	0	So. So.w.	0
		Wi. So.w.	0	Wi. So.w.	0
8 Landmarke	Struwenbuerg Wr.	Frühl.anf.	Seeberg Börnecke	Frühl.anf.	**Stopenberg**
		So. So.w.	**Thyrstein**	So. So.w.	0
		Wi. So.w.	**Hamburger Wappen**	Wi. So.w.	0
9 Bielstein	Landmarke Bielst. Altenbrak	Frühl.anf.	**Talkerbe mit Hügel**	Frühl.anf.	0
		So. So.w.	0	So. So.w.	0
		Wi. So.w.	0	Wi. So.w.	0

Nr.		Name	Sonnenaufgang		Sonnenuntergang	
10 Bielstein	Landmarke	Kuckucksklippe Wst	Frühl.anf.	Kleines Kamel, Langenberg	Frühl.anf.	Brocken
			So. So.w.	0	So. So.w.	0
			Wi. So.w.	Honigkopf	Wi. So.w.	0
11 Bielstein	Landmarke	Königstein Wsth.	Frühl.anf.	Lehof - Berg	Frühl.anf.	Brocken
			So. So.w.	0	So. So.w.	0
			Wi. So.w.	Eselstall	Wi. So.w.	Lästerberg
12 Landmarke		Qlb.Schloßberg	Frühl.anf.	0	Frühl.anf.	Großvaterfelsen,
			So. So.w.	Markberg, Hedersl.	So. So.w.	Münzenberg
			Wi. So.w.	Gegensteine	Wi. So.w.	Hexentanzplatz

Nr.		Name	Sonnenaufgang		Sonnenuntergang	
13 Landmarke		Markberg Hedersl.	Frühl.anf.	**Langenberg**	Frühl.anf.	**Spiegelsberge**
			So. So.w.	**Kleines Kamel, Langenberg**	So. So.w.	**0**
			Wi. So.w.	**Hexentanzplatz**	Wi. So.w.	**Altenburg Qlb.**
14 Landmarke		Eselstall Qlb.	Frühl.anf.	**Strohberg**	Frühl.anf.	**0**
			So. So.w.	**0**	So. So.w.	**Königstein**
			Wi. So.w.	**0**	Wi. So.w.	**0**
15 Bielstein	Landmarke	Klusfelsen Hbs.	Frühl.anf.	**Markberg, Hedersl.**	Frühl.anf.	**Roßtrappe**
			So. So.w.	**Altenburg Qlb.**	So. So.w.	**0**
			Wi. So.w.	**0**	Wi. So.w.	**0**

Nr.	Name	Sonnenaufgang		Sonnenuntergang	
Landmarke 16	Lehof-Berg Qlb.	Frühl.anf.	0	Frühl.anf.	Brocken
		So. So.w.	Markberg, Hedersl.	So. So.w.	Klusfelsen
		Wi. So.w.	Ruhmberg Badeborn	Wi. So.w.	Hexe
Landmarke 17	Heidberg Qlb.	Frühl.anf.	0	Frühl.anf.	Hoppelberg
		So. So.w.	0	So. So.w.	Hardelsberg (Huy)
		Wi. So.w.	0	Wi. So.w.	Altenburg
Landmarke 18	Roßtrappe	Frühl.anf.	0	Frühl.anf.	Steinköpfe 446 m
		So. So.w.	Schösserköpfe	So. So.w.	Bielstein Ziegenkopf
		Wi. So.w.	0	Wi. So.w.	0

Nr.	Name	Sonnenaufgang		Sonnenuntergang	
Landmarke 19	Hexentanzplatz	Frühl.anf.	Gegensteine	Frühl.anf.	Roßtrappe
		So. So.w.	Altenburg Qlb	So. So.w.	0
		Wi. So.w.	0	Wi. So.w.	0
Landmarke 20	Gegensteine	Frühl.anf.	0	Frühl.anf.	Hexe
		So. So.w.	0	So. So.w.	Qlb Schloßberg
		Wi. So.w.	0	Wi. So.w.	Tal der B 185
Landmarke 21	Hoppelberg	Frühl.anf.	Heidberg	Frühl.anf.	Tyrstein
		So. So.w.	Thekenberg	So. So.w.	0
		Wi. So.w.	Altenburg Qlb.	Wi. So.w.	0

Nr.	Name	Sonnenaufgang		Sonnenuntergang	
22 Landmarke	Gläserner Mönch	Frühl.anf.	0	Frühl.anf.	0
		So. So.w.	0	So. So.w.	0
		Wi. So.w.	0	Wi. So.w.	Papenberg
23 Landmarke	Honigkopf Wsth.	Frühl.anf.	0	Frühl.anf.	0
		So. So.w.	0	So. So.w.	Lästerberg
		Wi. So.w.	0	Wi. So.w.	0
24 Landmarke	Thekenberg Wsth.	Frühl.anf.	Heidberg	Frühl.anf.	Osterholz
		So. So.w.	0	So. So.w.	0
		Wi. So.w.	0	Wi. So.w.	Rönneberg

Nr.	Name	Sonnenaufgang		Sonnenuntergang	
Landmarke 25	Scharfe Berg Wsth.	Frühl.anf.	0	Frühl.anf.	**Kuckucksklippe** **Brocken**
		So. So.w.	0	So. So.w.	0
		Wi. So.w.	0	Wi. So.w.	0
Landmarke 26	Eichenberg Blbg.	Frühl.anf.	**Honigkopf**	Frühl.anf.	**Brocken**
		So. So.w.	**Regenstein**	So. So.w.	0
		Wi. So.w.	**Hexe**	Wi. So.w.	0
Landmarke 27	Langenberg Qlb.	Frühl.anf.	0	Frühl.anf.	0
		So. So.w.	0	So. So.w.	**Hoppelberg**
		Wi. So.w.	0	Wi. So.w.	0

Nr.	Name	Sonnenaufgang		Sonnenuntergang	
28 Landmarke	Kühnenkopf WR.	Frühl.anf.	0	Frühl.anf.	**Bielstein WR**
		So. So.w.	0	So. So.w.	0
		Wi. So.w.	0	Wi. So.w.	0

Nr.	Name	Sonnenaufgang		Sonnenuntergang	
29 Landmarke	Hohe Sonne Teufm.	Frühl.anf.	**Altenbg.Qlb.**	Frühl.anf.	0
		So. So.w.	**Königstein** Heidberge	So. So.w.	**Großvaterfelsen**
		Wi. So.w.	0	Wi. So.w.	0

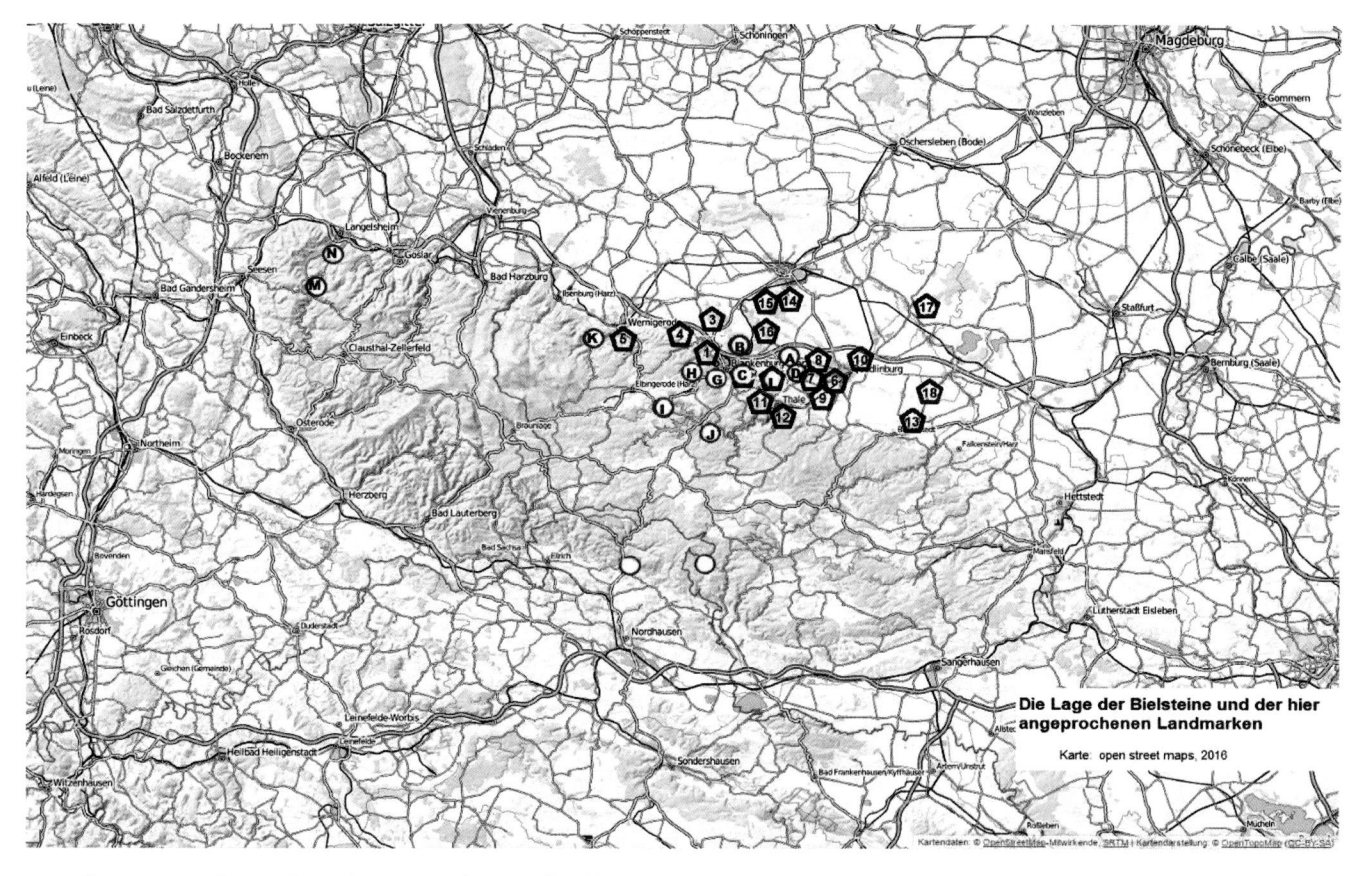

Bielsteine und Landmarken aus der Aufstellung

Nachdem meine Idee vom Sinn der Bielsteine und die daraus schlussfolgernden Voraussagen auf den Sonnenaufgang offenbar doch so treffend hier im Harz waren, wurde ich neugierig. Wie mag das bei den anderen Bielsteinen aussehen? Es sollte ja dann auch mit diesen Richtungen und den Landmarken passen!

Am meisten fasziniert hat mich immer der Sonnenaufgang, wenn er über einem Talweg zwischen zwei Berghängen oder Flanken anzusehen war. Es mag dann wirklich so aussehen, als ob hier die Sonne neu geboren wurde, die beiden Bergflanken waren dann die Oberschenkel der Gebärenden.
Im Zeitverständnis unserer Altvorfahren wurde dann hier das neue Jahr geboren!

Die Bielstein - Namensprüfung – einfach ins Blaue hinein!

Es erscheint doch relativ einfach, man sieht ja fast von jedem Berg aus im Osten einen anderen. So war auch meine erste Vermutung. Ich suchte jetzt nach Plätzen bzw. Bergen mit dem Namen Bilstein, mit oder ohne –ie– war mir gleich. Dank der EDV ist das leicht möglich. Ich verglich die Lage vom Satellitenbild aus mit einer maßstabsgerechten Topografischen Karte und kopierte nun die Richtungspfeile für die Sonnenaufgänge zum Frühjahrbeginn und zur Sommersonnenwende hinein. Jetzt suchte ich genau in dieser Richtung nach wesentlich höheren Bergen, möglichst zwei, die sich jeweils nördlich und südlich der Hauptrichtung befinden. Zu meinem großen Erstaunen fand ich auch wirklich das, was ich insgeheim auch schon erhofft hatte. Ich könnte genauso wieder Sonnenaufgangsvorhersagen für die einzelnen Bielsteine machen. Ich bin fest der Meinung, sie würden alle zutreffen, genau so, wie hier im Harz. In den nachfolgenden Seiten habe ich einfach einmal fünf Bielstein herausgesucht und dargestellt mit meiner Vorschau. Es wäre schön und wünschenswert, wenn sie jemand noch einmal auf Richtigkeit prüft!

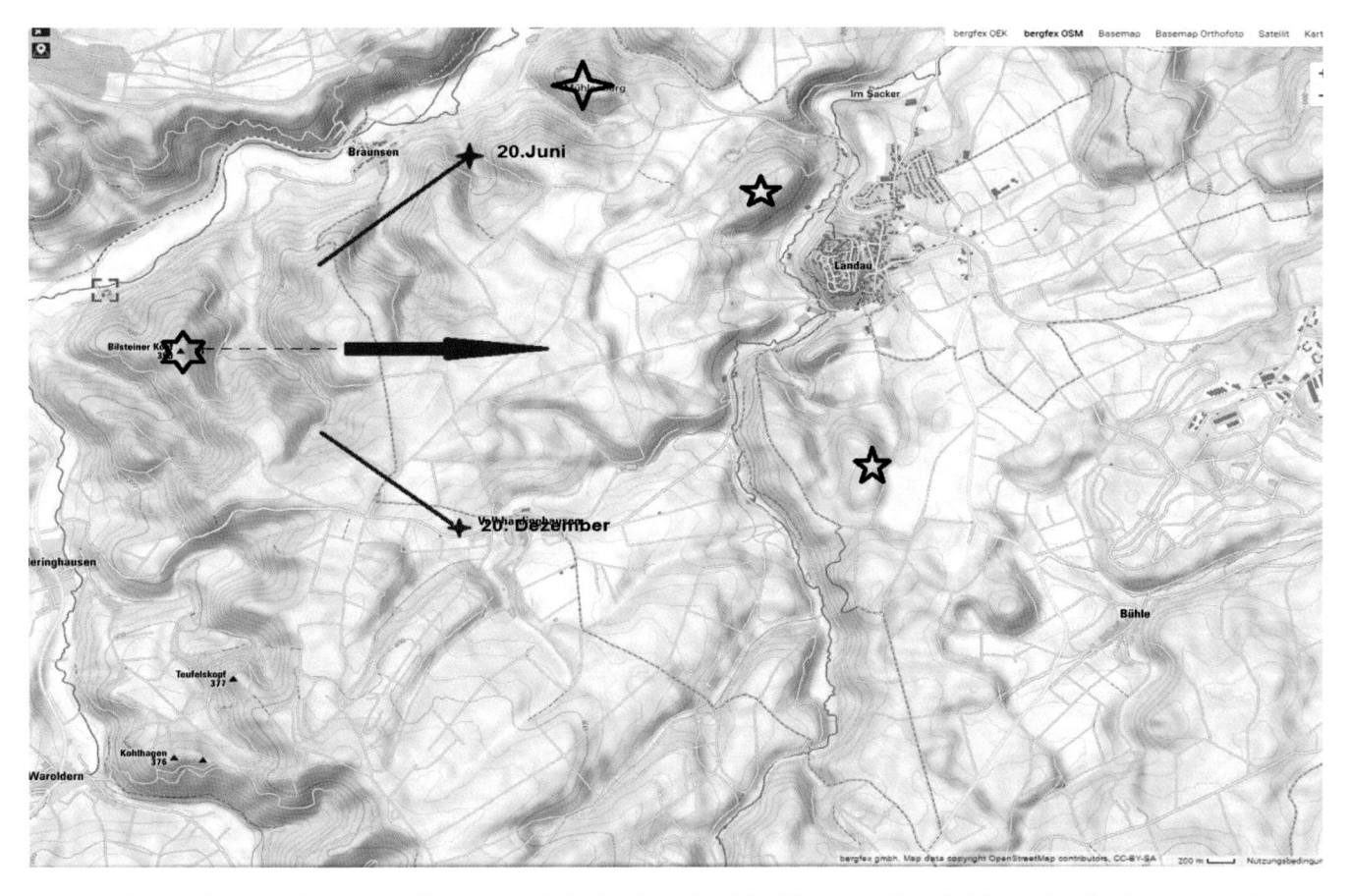

Der Bielstein bei Landau/ Nordhessen, ich habe bei der Markierung die gleichen Symbole verwendet.

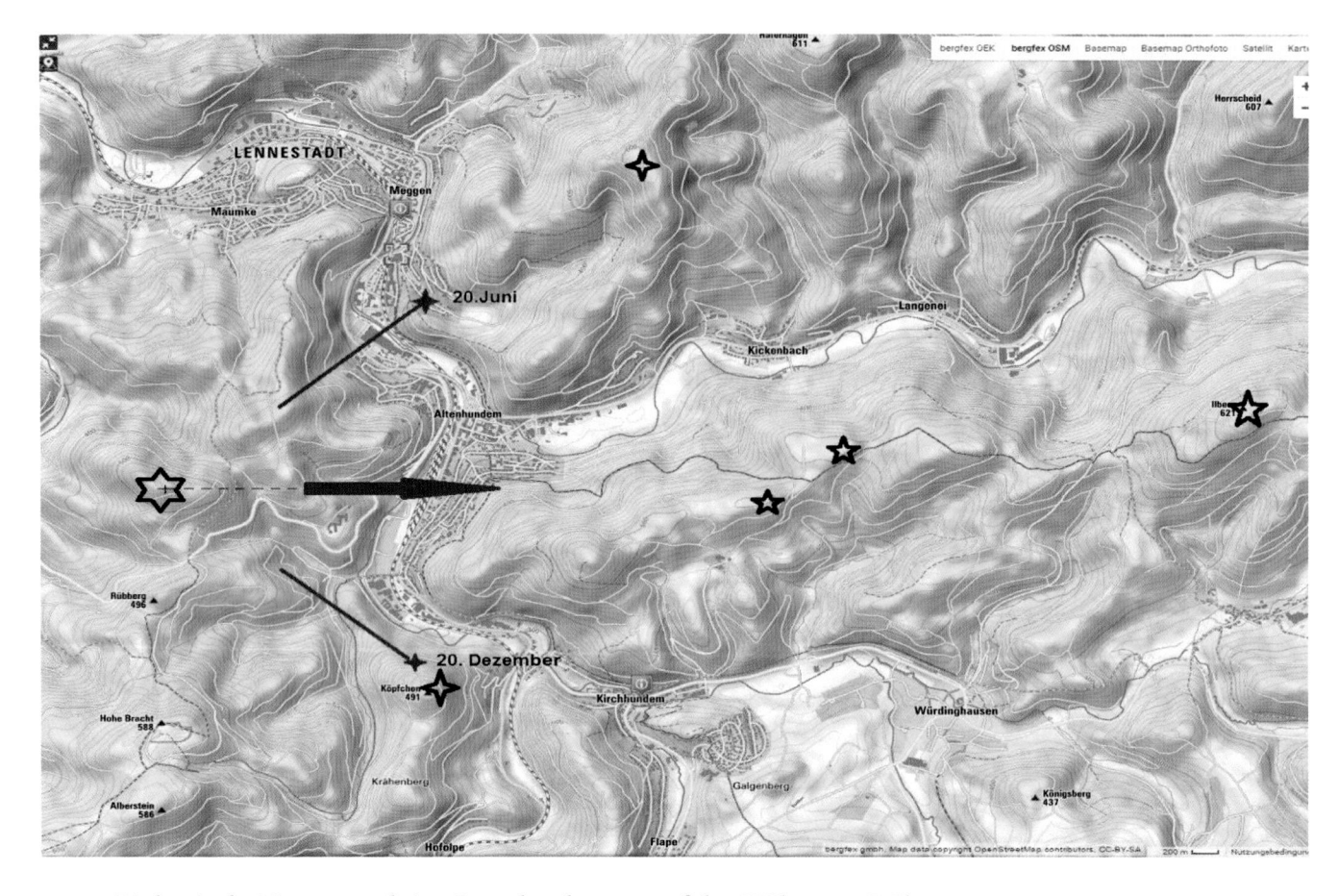

Bielstein bei Lennestadt im Sauerland, etwa auf der Höhe von Köln

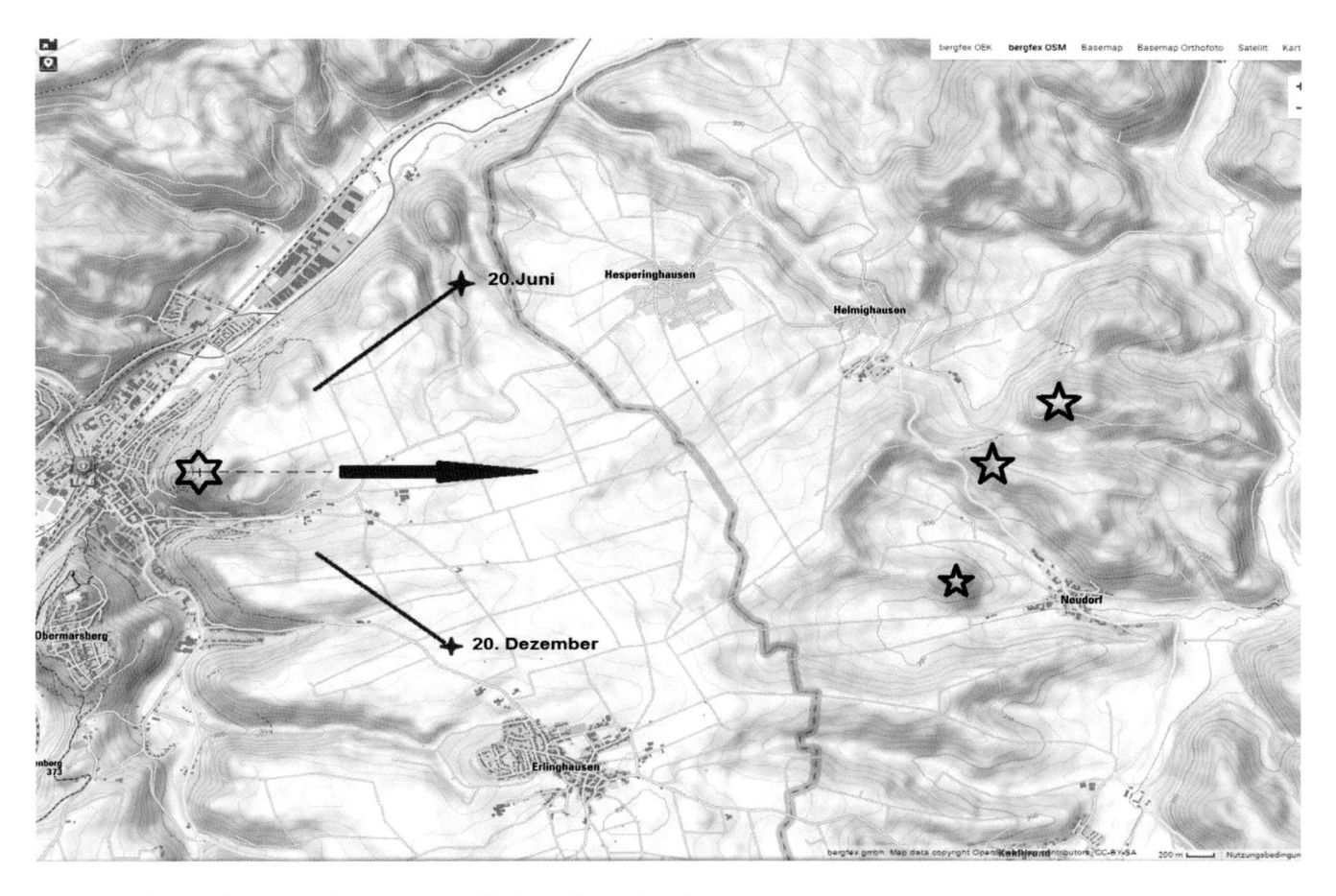

Bielstein bei Marsberg im nördlichen Sauerland

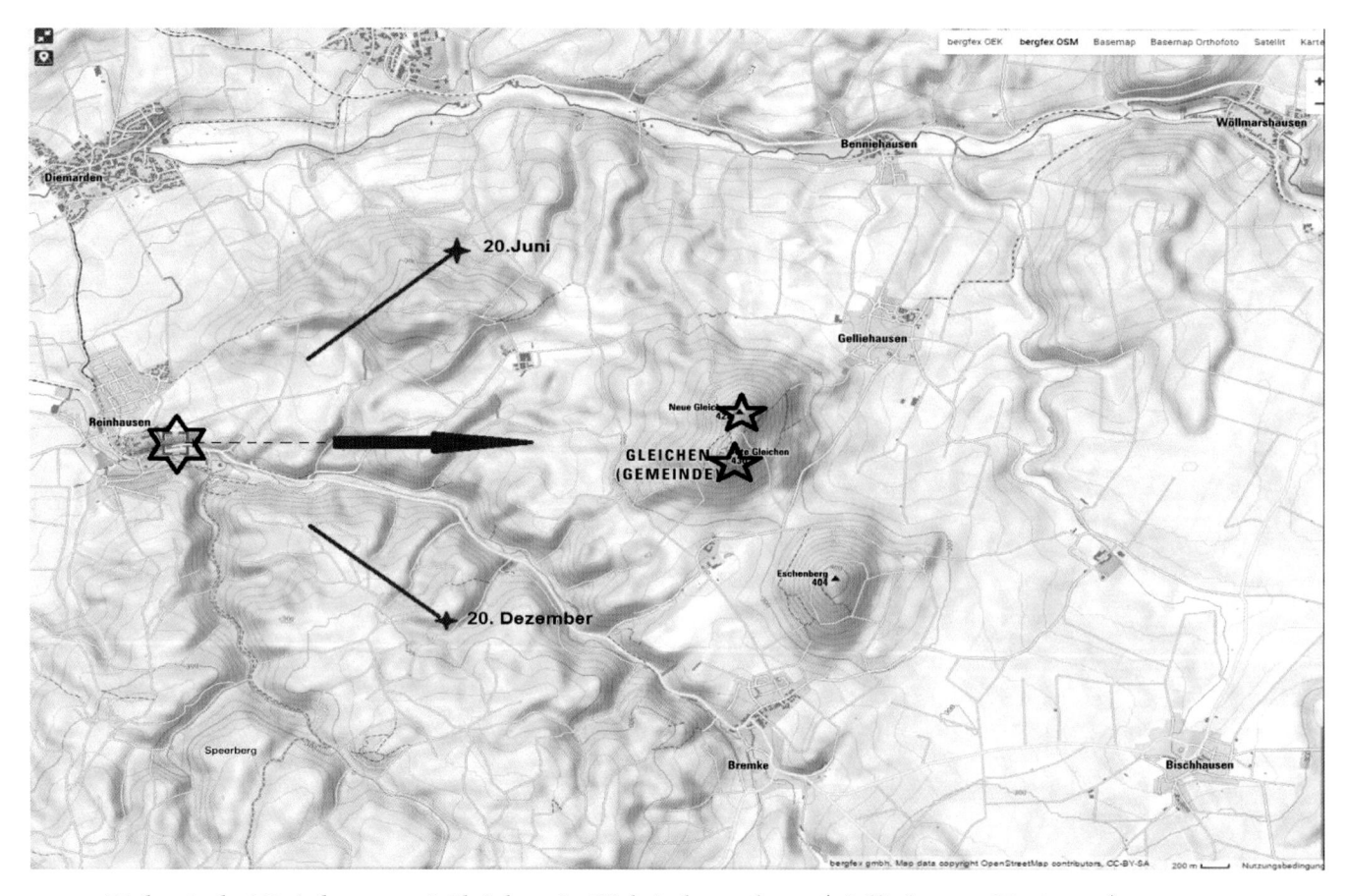

Bielstein bei Reinhausen / Gleichen in Südniedersachsen (südlich von Göttingen)

Orte-Verzeichnis "Bielstein" (u. ä.) zur Kartenskizze (auf Seite 23 und 24)
Eine Aufstellung der Fr. Dr. Bielenstein zur Namensverteilung im deutschsprachigen Raum

1. <u>Beilnstein</u> PLZ 93176 Beratzhausen, Weiler, 13 EW, ca. 50 km sö von Nürnberg   (Bay.)
   Quelle: Müller, J. (1996); Bilstein, F. (1937), S. 47; Microsoft;

2. <u>Beilstein</u> PLZ 63619 Bad Orb, Försterei, 8 EW   (Hess.)
   Quelle: Müller, J. (1996); Becker, G. (1975), S. 206; schriftl. Mitteilung von Herrn Prof. Dr. H. Jäger, Gerbrunn, vom 5.12.1995; Bilstein, F. (1937), S. 40;

3. <u>Beilstein</u> PLZ 35683 Dillenburg, Grube, 54 EW   (Hess.)
   Quelle: Müller, J. (1996); Bilstein, F. (1937), S. 38; Microsoft;

4. <u>Beilstein</u> PLZ 35753 Greifenstein, Ortsteil, 2148 EW   (Hess.)
   Quelle: Müller, J. (1996); Becker, G. (1975), S. 206; Siebmacher, J. (1882) – niederadliges Geschlecht v. Beilstein oder v. Bilstein, 1360 – 1467;
   Bilstein, F. (1937), S. 38;
   Microsoft;

5. <u>Beilstein</u> bei 35232 Dautphetal   (Hessen)
   Quelle: Herr Nieding, Radolfzell; TOP 50

6. <u>Beilstein</u> PLZ 56814 Beilstein, Gemeinde, 169 EW   (Rhl.-Pfalz)
   Quelle: Müller, J. (1996); Bilstein, F. (1937), S. 42; Microsoft;

7. <u>Beilstein</u> PLZ 71717 Beilstein, Stadt, 6216 EW   (Bad.-Württ.)
   Quelle: Müller, J. (1996); Bilstein, F. (1937), S. 44; Microsoft;

8. <u>Bielstein</u> PLZ 51674 Wiehl, Wohnplatz   (Nrh.-Westf.)
   Quelle: Müller, J. (1996); Handbuch hist. Stätten, Nordrh.-Westf. (1970), S. 75: ehemalige Gemeinde Drabenderhöhe, seit dem 15. Jh. Eisenbergbau mit Hütten u. Hämmern); Becker, G. (1975), S. 206; Bilstein, F. (1937), S. 25; Landesvermessung;

9. <u>Bielstein</u> PLZ 32756 Detmold   (Nrh.-Westf.)
   Quelle: Müller, J. (1996), Verweis: s. Hiddesen mit Bielstein; Bilstein, F. (1937), S. 17; Landesvermessung;

10. <u>Bilstein</u> PLZ 52372 Kreuzau, Wohnplatz, 118 EW   (Nrh.-Westf.)
    Quelle: Müller, J. (1996); Bilstein, F. (1937), S. 34; Landesvermessung;

11. <u>Bilstein</u> PLZ 51789 Lindlar, Wohnplatz, 34 EW   (Nrh.-Westf.)
    Quelle: Müller, J. (1996); Becker, G. (1975), S. 206; Bilstein, F. (1937), S. 206; Landesvermessung;

12. <u>Bilstein</u> PLZ 51515 Kürten, Wohnplatz   (Nrh.-Westf.)
    Quelle: Müller, J. (1996); Becker, G. (1975), S. 206; Bilstein, F. (1937), S. 28; Landesvermessung;

13. <u>Bilstein</u> PLZ 58256 Ennepetal (Nrh.-Westf.)
    Quelle: Müller, J. (1996), Verweis: s. Ennepetal = Bilstein; Bilstein, F. (1937), S. 20; Microsoft;

14. <u>Bilstein</u> PLZ 57368 Lennestadt, Stadtteil, 1108 EW   (Nrh.-Westf.)
    Quelle: Müller, J. (1996); Handbuch hist. Stätten, Nordrh.-Westf. (1970), S. 77: Burgbau im 1. Viertel des 13. Jh.); Becker, G. (1975), Berg, S. 186; Bilstein, F. (1937), S. 18; Landesvermessung;

15. <u>Bilstein</u> PLZ 34295 Edermünde, Försterei, 6 EW   (Hess.)
    Quelle: Müller, J. (1996); Handbuch hist. Stätten, Hessen (1970), S. 52: Berg 2 km westl. von Besse, 460 m hoch, Scherbenfunde aus der Spätlatènezeit, evtl. Naturheiligtum); Bilstein, F. (1937), S. 16; evtl. identisch mit Nr. 73

16. <u>Bilstein</u> PLZ 34454 Arolsen, Gut, 6 EW   (Hess.)
    Quelle: Müller, J. (1996); Bilstein, F. (1937), S. 16;

17. <u>Bilsteinhöhle</u> PLZ 59581 Warstein   (Nrh.-Westf.)
     Quelle: Müller, J. (1996); Becker, G. (1975), S. 206; Bilstein, F. (1937), S. 18; Landesvermessung;

18. <u>Burg Bilstein</u> an der Werra bei PLZ 37242 Bad Sooden-Allendorf   (Hess.)
    Quelle: Handbuch Hist. Stätten, Hessen (1970), S. 51; Kollmann, K. (1980); Kollmann, K. (1989); Mende, B. (1991); Bilstein, F. (1937), S. 11;

19. <u>Berg Bielstein</u> im Kaufunger Wald bei PLZ 34260 Kaufungen
    (Hess.)
    Quelle: Atlas; Bilstein, F. (1937), S. 12;

20. <u>Bilsteinklippen</u> im Habichtswald bei Kassel,
    nach Suk schon 1539 als Bilstein urkundlich genannt (Hess.)
    Quelle: schriftl. Mitteilung von Herrn B. Mende, Kassel, vom 4.3.1996; Bilstein, F. (1937), S. 16;
    v. Pfister (1886) als Bilstein bei 34311 Naumburg;

21. <u>Vulkanschlot Bilstein</u> im Vogelsbergmassiv   (Hess.)
    Quelle: schriftl. Mitteilung von Herrn F. Schneider, Lich, vom 20.11.1995; schriftl. Mitteilung von
    Herrn Dr. D. Berger, Mannheim, vom 7.2.1996; Bilstein, F. (1937), S. 41;

22. <u>Bilstein</u> bei 42499 Hückeswagen, Berg bei Krähwinklerbrücke   (Nrh.-Westf.)
    Quelle: Bilstein, F. (1937), S. 23;

23. <u>Bilstein</u> bei 42719 Solingen, Berg   (Nrh.-Westf.)
    Quelle: Bilstein, F. (1937), S. 23; Huhn, E. (1848-1852);

24. <u>Berg Bielstein</u> im Werratal, bei 99834 Neustädt   (Hess.)
    Quelle: Schramm, M. (1986); schriftl. Mitteilung von Herrn H.-J. Saalfeld, Seebach,
    vom Jan. 1998; Schwerdt H. (o.J.)

25. "<u>Beylstein</u>, sonsten genand die hohe Ley", vermutl. bei PLZ 56377 Nassau/Lahn, taucht schon 1344 als
    "Bylstein" auf, vermutl. abgegangene Burg
    (Rhl.-Pfalz)
    Quelle: Kollmann, K. (1980), S. 51; Becker, G. (1975), S. 206, vermutlich alte Burg;
    Bach, A. (1953), S.270; Knetsch, C. (1933);

26. <u>Bilstein</u> bei PLZ 35287 Amöneburg, "Das kaiserliche Landgericht, das das Gebiet des Amtes Amöneburg umfaßte und auf die 1237 von Mainz erworbene 'comitia in Rucheslo' zurückgeht... befand sich am Bilstein bei Amöneburg." (Hess.)
Quelle: Kollmann, K. (1980), S.37; Bilstein, F. (1937), S. 41;

27. <u>Bielstein</u>, Aussichtspunkt bei Lautenthal, PLZ 38685 Langelsheim, urkundlich erwähnt 1355 als "casam, que dicitur to dem Bilstene", "berch tom Bilstein" (Nieders.)
Quelle: Urkundenbuch Goslar, Bd. 4, S. 394, 399; Pilz-Schottelius, A. (1954); ders. (o.J.); Sandfuchs, H. (1929); Bilstein, F. (1937), S. 13;

28. <u>Bilstein</u> in PLZ 58636 Iserlohn, Standort der Obersten Stadtkirche, (Anschrift: Am Bilstein) (Nrh.-Westf.)
Quelle: Becker, G. (1975), S. 206;

29. <u>Berg Bilstein</u> bei Niedermarsberg, PLZ 34431 Marsberg (Nrh.-Westf.)
Quelle: Becker, G. (1975), S. 206; Bilstein, F. (1937), S. 17; Landesvermessung;

30. <u>Bielstein</u>, Forstort bei PLZ 38855 Wernigerode, ca. 5,5 km WSW (Sachsen-Anhalt)
Quelle: Grosse, W. (1929);

31. <u>Bielstein</u>, Berg (477 m), ca. 1 km WSW von PLZ 38889 Rübeland (Sachsen-Anhalt)
Quelle: Bilstein, F. (1937), S. 15;

32. <u>Großer Bielstein</u>, Berg (479 m), ca. 2,5 km SW von PLZ 06547 Stolberg (Sachsen-Anhalt)
Quelle: Wanderkarte Harz;

33. Bielstein, Berg, ca. 2 km NNO von PLZ 99768 Ilfeld-Wiegersdorf (Sachsen-Anhalt)
    Quelle: Wanderkarte Harz; Bilstein, F. (1937), S. 13;

34. Bielstein bei PLZ 38889 Altenbrak, Forstort, ca. 1 km S von Altenbrak (Sachsen-Anhalt)
    Quelle: Wanderkarte Harz; Bilstein, F. (1937), S. 15;

35. Bielstein bei PLZ 99897 Tambach-Dietharz, ca. 30 m hohe Felswand mit Aussicht südl. von Tambach-Dietharz im Apfelstädtgrund (Thür.)
    Quelle: schriftl. Mitteilung von Herrn H.-J. Saalfeld, Seebach, vom Januar 1998; Schwerdt, H. (o.J.), S. 251; Meyers Reisebücher (1904), S. 196 u. 198;

36. Bielstein bei PLZ 98617 Meiningen, Felsen (400 m) und Aussichtspunkt (Thür.)
    Quelle: schriftl. Mitteilung von Herrn H.-J. Saalfeld, Seebach, vom Januar 1998; Meyers Reisebücher (1904), S. 241; Müller, Horst H. (o.J.), S. 477;

37. Bilstein in 42399 Wuppertal; Straßennamen *Zum Bilstein* in 42399 Wuppertal: nach einem Bilstein bei Wuppertal (Beyenburg)
    (Nordrh.-Westf.)
    Quelle: Schell, O. (1897), S. 173; Koch, H.J. (1882), S. 4, 109;
    Bilstein, F. (1937), S. 22;

38. Bielstein zwischen Blankenburg und PLZ 38889 Hüttenrode (Sachsen-Anh.)
    Quelle: Unger, Ch. (1994), S.119, 120; Bilstein, F. (1937), S. 15;

39. Bilstein in PLZ 45219 Essen-Kettwig; Bergkuppe. Straßennamen *Am Bilstein* in 45219 Essen: nach Dickhoff, E. (o.J.) Name eines Kohleflözes im Bereich des Bahnhofes Essen-Kettwig, der ab 1800 abgebaut wurde. Der Ursprung ist ein alter Flurnamen „Bielstein", ein Pastoratsbusch im Kettwiger Umstand, 1730 genannt. In alten Hebergistern von Essen-Werden soll nach Dickhoff der Name Bilstein mehrmals vorkommen; mittelalterlichen Erzbergbau gab es dort nicht. (Nordrh.-Westf.)
Quelle: schriftl. Mitteilung von Herrn W. Breil, Essen-Kettwig, vom 22. 4 1999; Stadtplan; alte Karte des Stiftes Werden; Dickhoff, E. (o.J.)

40. <u>Bilstein</u> bei Hachen, PLZ 59846 Sundern; Straßennamen *Bilsteinweg* in 59821 Arnsberg: nach einem Bilstein bei Hachen 59846 Sundern; (Nordrh.-Westf.)
Quelle: schriftl. Mitteilung von Herrn M. Gosmann, Stadtarchiv Arnsberg, vom 5.2.99; Stadtplan;

41. <u>Beilstein</u> bei PLZ 67657 Kaiserslautern, eine Burgruine. B. ist im Hinblick sowohl auf seinen Grundriß als auch auf seine Gestalt ein Beweis für die Benennung nach seiner Beilform, ebenso, wie es der Beilstein an der Mosel zu sein scheint; (Rhl.-Pfalz)
Quelle: Christmann, E. (1958), S. 139 –141; Bilstein, F. (1937), S. 43;

42. <u>Bilstein</u> im Stiftswald bei PLZ 34298 Helsa (Hess.)
Quelle: Herr Klaube, Stadtarchiv Kassel, schriftl. Mitteilung vom 5.2.1999;
Bilstein, F. (1937), S. 12;

43. <u>Bilsteinkopf</u> im Knüll (Hess.)
Quelle: Herr Klaube, Stadtarchiv Kassel, schriftl. Mitteilung vom 5.2.1999;
Evtl. identisch mit Nr. 78 oder 79

44. Bilstein sö von PLZ 59929 Brilon, mit Bergbau im Umfeld (Nordrh.-Westf).
Quelle: schriftl. Mitteilung von Herrn Dr. Hömberg, Olpe, vom 9.2.1999; Bilstein, F. (1937), S. 18; Landesvermessung;

45. Beilstein, Weiler in der Ahreifel bei PLZ 56746 Kempenich; dazu nach den Quellen zur Geschichte der Herrschaft Landskron a. d. Ahr, 2.Bd., bearbeitet von Theresia Zimmer, Bonn 1966: S. 174 ein Beleg zum Jahr 1441: „Heyne van Bijlstein". (Rheinl.-Pfalz)
Quelle: schriftl. Mitteilung von Herrn Dr. Hoffmann, Bonn, vom 3.2.1999; Jungandreas, W.,1962, S. 51; Bilstein, F. (1937), S. 18;
vielleicht identisch mit dem von Jungandreas, W. 1962, erwähnten Beilstein, FlN bei Blasweiler PLZ 53506 Kesseling, "j. Höhe Beilstein" (vgl. Huhn, E., 1848-1852))

46. Beilstein, FlN bei 56769 Bereborn "j. Berg Beilstein"; (Rheinl.-Pfalz) Quelle: Jungandreas, W.,1962, S. 51; vielleicht identisch mit Beilstein, FlN bei Dohm PLZ 54576 Dohm-Lammersdorf "j. Wald Beilstein" nach Jungandreas, W., 1962

47. Beutelstein im südlichen Donnersberg bei PLZ 67808 Steinbach, 1537 „Bielstein" (Rheinl.-Pfalz)
Quelle: Christmann, E., 1958, S. 140;

48. Peilstein bei PLZ 92252 Neukirchen (Bayern)
Quelle: Autoatlas; Bilstein, F. (1937), S. 47;

49. Peilstein im Mühlenviertel (Österreich)
Quelle: Autoatlas; Bilstein, F. (1937), S. 52;

50. <u>Bildstein</u> bei Steinwand, 36163 Poppenhausen (Wasserkuppe) (Hessen)
    Quelle: Autoatlas; Bilstein, F. (1937), S. 41;

51. <u>Beutelstein</u> bei 67822 Mannweiler-Cölln nahe der Gemarkungsgrenze zwischen Mannweiler und Oberndorf, 1482 „zu byelstein".
    Weitere Beutelsteine und wahrscheinliche Bilsteine bei PLZ Lambrecht in der Pfalz und bei PLZ 55758 Bruchweiler, Krs. Pirmasens. (Rheinl.-Pfalz)
    Quelle: Christmann, E., 1958, S. 140; Bilstein, F. (1937), S. 43;

52. <u>Bilstein</u> westl. von 34537 Bad Wildungen, Felsen bei Reitzenhagen Hessen)
    Quelle: Bilstein, F., 1937, S. 16; v. Pfister (1886), S. 22;

53. <u>Beulstein</u> bei 56410 Montabaur, Berg (Hessen)
    Quelle: Bilstein, F., 1937, S. 38;

54. <u>Beilsteiner Ley</u> bei 35683 Dillenburg, Berg (Hessen)
    Quelle: Bilstein, F., 1937, S. 38;

55. <u>Bilstein</u> bei 36341 Lauterbach, Berg (Hessen)
    Quelle: Bilstein, F., 1937, S. 40;

56. <u>Hoher Bilstein</u> bei 57462 Olpe, Berg Nordrh.-Westf.)
    Quelle: Bilstein, F., 1937, S. 18; Landesvermesssungsamt;

57. <u>Bilstein</u> bei 54470 Bernkastel (Hunsrück), Berg (Rheinl.-Pfalz)
    Quelle: Bilstein, F., 1937, S. 43;

58. <u>Beilstein</u> bei 55568 Staudernheim (Hunsrück), Berg (Rheinl.-Pfalz)
    Quelle: Bilstein, F., 1937, S. 43;

59. <u>Bilstein</u> bei 53940 Hellental (Eifel), Berg (Nordrh.-Westf.)
    Quelle: Bilstein, F., 1937, S. 36;

60. <u>Bielstein</u> bei 37120 Bovenden, Großer und Kleiner Bielstein, Felsen nördl. von Göttingen (Niedersachsen)
    Quelle: Bilstein, F., 1937, S. 3; Schubart, W. (1988), S. 48;

61. <u>Bielstein</u> bei 31816 Springe, Steilfelsen (341 m) im Deister (Niedersachsen)
    Quelle: Schubart, W. (1988), S. 48;

62. <u>Bilstein</u> bei 36404 Oechsen (Rhön), zwischen Oberalba und Lenders an der alten Straße nach Lenders; in einiger Entfernung der Arzberg (Thüringen)
    Quelle: Hepp, L., 1988; Landesvermessung;

63. <u>Bildstein</u> bei 98634 Birx (Hessen)
    Quelle: schriftl. Mitteilung von Herrn A. Fuchs, Meiningen, Frühjahr 2000; Landesvermessung;
     Bach, C.E. (o.J.), 1 Std. östl. von Seiferts an der Oberulster; Fischer, Ernst (1979), Nr. 10;

64. <u>Bildstein</u> bei 98617 Stepfershausen   (Thüringen)
    Quelle: Herr A. Fuchs, Frühjahr 2000; Landesvermessung;

65. <u>Bilstein</u> bei 55430 Oberwesel (Rhl.-Pfalz)
    Quelle: Helfer, Manfred (1988), S. 55;

66. <u>Bilstein</u> bei 97638 Mellrichstadt, alte Burg nördl. von Frickenhausen   (Bayern)
    Quelle: Müller, M. (1879/1983), S. 195;

67. <u>Beilstein</u> bei 01778 Lauenstein, Berg und Wüstung zw. Lauenstein und Fürstenwalde (Sachsen)
    Quelle: Sächsisches Flurnamenarchiv im Sächsischen Hauptstaatsarchiv Dresden;

68. <u>Bilstein</u> bei 35578 Wetzlar, Berg mit Wallresten, Blick zum "Eisenhardt"   (Hessen)
    Quelle: Schubert, E. (199);

69. <u>Bielenstein</u> nördl. von 06536 Roßla, Forstort (Thüringen o. Sachsen-Anhalt?)
    Quelle: Thüringisches Flurnamenarchiv Jena;

70. <u>Beilstein</u> westl. von Oberweißenbrunn Post Bischofheim a.d. Rhön (= 97653 Bischofsheim a. d. Rhön) (Thüringen ?)
    Quelle: schriftl. Mitteilung von Herrn A. Fuchs, Meiningen, vom Frühjahr 1900;

71. <u>Bilstein</u> bei Datterode (= 37296 Ringgau) (Hessen)
    Quelle: v. Pfister, H. (1886), S. 22;

72. <u>Bilstein</u> am Isthaberge (4 km sö von 34466 Wolfshagen)   (Hessen)
    Quelle: v. Pfister, H. (1886), S. 22;
    Evtl. identisch mit Nr. 75

73. <u>Bilstein</u> am Kirchberg bei 34281 Gudensberg (Hessen)
    Quelle: v. Pfister, H., (1886), S. 22;. identisch mit Nr. 15

74. <u>Bilstein</u>, eine Wiese ohne Stein bei Nieder-Zwehren in Kassel (vermutl. Zusammenhang mit dem Straßennamen Bilsteiner Born)   (Hessen)
    Quelle: v. Pfister, H. (1886), S. 22;

75. <u>Bilstein</u> bei 34466 Wolfshagen   (Hessen) Quelle: v. Pfister, H. (1886), S. 22;   Vgl. Nr. 72

76. <u>Bilstein</u> bei Heinebach (= 36211 Alheim)   (Hessen)
    Quelle: v. Pfister, H. (1886), S. 22;
    Evtl. identisch mit Nr. 77

77. <u>Bilstein</u> bei Hergershausen (= 36211 Alheim) (Hessen)
    Quelle: v. Pfister, H. (1886), S. 22;
    Vgl. Nr. 76

78. <u>Bilstein</u> bei Remsfeld (= 34593 Knüllwald) (Hessen)
    Quelle: v. Pfister, H. (1886), S. 22;
    Evtl. identisch mit Nr. 43, vgl. Nr. 79

79. <u>Bilstein</u> bei Raboldshausen (= 36286 Neuenstein) (Hessen)
    Quelle: v. Pfister, H. (1886), S. 22;
    Evtl. identisch mit Nr. 43, vgl. Nr. 78

80. <u>Bilstein</u> bei Bracht im Burgwalde (= 35282 Rauschenberg) (Hessen)
    Quelle: v. Pfister, H. (1886), S. 22;

81. <u>Bilstein</u> bei Offenthal in der Dreieich (= 63303 Dreieich) (Hessen)
    Quelle: v. Pfister, H. (1886), S. 22;

82. <u>Bilstein</u> am Geiersberge hinter 63739 Aschaffenburg (Hessen)
    Quelle: v. Pfister, H. (1886), S. 22;

83. <u>Böllstein</u>, Name im Felde bei 64283 Darmstadt (Hessen)
    Quelle: v. Pfister, H. (1886), S. 22;

84. <u>Böllstein</u> bei Böllstein Post Kirch-Brombach, (= 64753 Brombachtal) (Hessen)
    Quelle: v. Pfister, H. (1886), S. 22;

85. <u>Böllstein</u> bei Seckmauern (= 64750 Lützelbach) (Hessen)
    Quelle: v.Pfister, H. (1886), S. 22;

86. <u>Bilstein</u>, Wüstung bei 99986 Nieder-Dorla, Lage nicht sicher bekannt (Thüringen)
    Quelle: Werneburg, A. (1983), S. 28;

87. Beilsteinmühle bei 7442. Obersontheim   (Baden-Württemberg)
    Quelle: F. Bilstein (1937), S. 46

88. <u>Bilstein</u>, Wüstung bei 67742 Lauterecken (Pfalz) (Rheinl.-Pfalz)
    Quelle: Dolch, M., u. Greule, A. (1991), S. 62, 63;

89. <u>Bielenstein</u> bei 77886 Lauf   (Baden-Württ.)
    Quelle: Metz, R. (1977), S. 577;

90. <u>Beilstein</u> bei 72275 Alpirsbach   (Baden-Württ.)
    Quelle: Harter, Hans (1992), S. 36 – 39, 144 – 151;

91. <u>Beelstein</u> bei 35789 Weilmünster-Oberlahnkreis   (Hessen)
    Quelle: Sprandel, R. (1968), S. 369;

92. <u>Beilstein</u> bei 78549 Spaichingen, 1 km nordöstlich von Königsheim an der Hangkante zum Bäratal (Baden-Württ.)
    Quelle: Fraas, E. (1895); Freizeitkarte 1:50000 des Landkreises Tuttlingen;

93. <u>Bellenstein</u> bei 77704 Oberkirch (Baden-Württ.)
    Quelle: Pillin, Hans-Martin (o.J.), S. 28, 68, 69; Wanderkarte Renchtal;

94. <u>Bellenstein</u> > 72293 Glatten (Baden-Württ.)
    Quelle: Kindler von Kohnloch, J. (o.J.), S. 15;

95. Beilstein ca. 4 km südlich von 97653 Bischofsheim   (Bayern)
    Quelle: Herr Ernst Fischer, Suhl (1979), S. 2;

96. Bielstein bei 98530 Dietzhausen, genaue Lage heute unbekannt   (Thüringen)
    Quelle: Herr Ernst Fischer, Suhl (1979), S. 2;

97. Bellenstein bei 78132 Hornberg   (Baden-Württ.)
    Quelle: Herr Decker, Ottenhöfen (tel.)

98. Belstein bei Guebwiller, Frankreich   Quelle: Landspurg, A.
    "Orte der Kraft. Schwarzwald und Vogesen", Edition DANN, Straßburg 1994, S. 141

99. "Auf dem Bildstein" bei 54597 Ormont, zwischen Ormont und Hallschlag   (Rheinl.-Pfalz)
    Quelle: Herr Brunnemann, Hellenthal (1.8.2001)

100. Beutelstein ca. 1 km. sö. von Dörrmorsbach (Post Aschaffenburg, 63808 Halbach)
     Quelle: Top 50, Landesvermessungsamt Hessen
     Evtl. identisch mit Nr. 82

101. Bildstein, Vorarlberger Wallfahrtsort zwischen Bregenz und Dornbirn,
     1380 erwähnt als Bilstain (Österreich)
     Quelle: Steiner, Th. (1988), S. 22; Bilstein, F. (1937), S. 50; Microsoft;

102. Bildstein, Einzelhof am Pfänderrücken, 1287 erwähnt als Bilstain   (Österreich)
     Quelle: Steiner, Th. (1988), S. 22; Bilstein, F. (1937), S. 51;

103. <u>Bildstein</u>, Alpbezirk und Kapelle von 1867 bei Appenzell, erwähnt 1522 als Bilstan, 1535 als Bilstein (Schweiz)
    Quelle: Steiner, Th. (1988), S. 22;

104. <u>Bildstein</u>, Orte Ober- und Unterbildstein bei 79875 Dachsberg (Baden-Württemberg, südl. Schwarzwald)
    Anfang des 14. Jh. erwähnt als Bilstein
    Quelle: Steiner, Th. (1988), S. 24; Bilstein, F. (1937), S. 48;

105. <u>Bildstein</u> bei 91715 Gunzenhausen, Berg am Nordende des Schluchsees (Baden-Württemberg, südl. Schwarzwald)
    1125 erwähnt als Pilestein
    Quelle: Steiner, Th. (1988), S. 25; Landesvermessung;

106. <u>Bildstein</u>, (bei Huhn auch Bilstein) bei 79348 Freiamt, Fels im Brettental, (Baden-Württemberg, südl. Schwarzwald)
    erwähnt 1341 als Bilstein, 1556 als Bylstein
    Quelle: Steiner, Th. (1988), S. 25; Huhn (1848-1852), S. 32; Bilstein, F. (1937), S. 48; Microsoft;

107. <u>Bildstein</u>, Wallfahrt Maria Bildstein bei Benken im Gasterland, möglicherweise früher *Bilstein (Schweiz)
    Quelle: Steiner, Th. (1988), S. 25;

108. Bilenstein bei 7765. Offenburg, ausgegangene Burg im Kinzigtal, erwähnt als Bilstain 1273, 1267; nach Huhn in der Pfarrgemeine Zell östl. von Offenburg; sie stand vermutlich auf dem 476 m hohen Heutigen Bühlstein. Nach Abgang der Herren von Bilenstein hat Kaiser Friedrich III. Schloß und Gut mit der Landvogtei Ortenau vereint und 1314 dem Bischof Johann I. von Straßburg auf Wiederlosung verkauft (Friedmann, M. und Balzer, N, 1984).
(Baden-Württemberg, Schwarzwald) Quelle: Steiner, Th. (1988),
S. 26; Huhn, E. (1848 – 1852); Friedmann, M., und Harter, N. (1984); Batzer, E. (1934);
Kreutz, G. (2000), S. 27;
Vermutl. identisch mit Nr. 113

109. Bilstein, drei Höfe (Vorder-, Mittel- und Hinter-Bilstein) in der Pfarrei Langenbruck im Kt.
Basel-Land, Name belegt 1253 als Bilstein, Biegelstein (Schweiz)
Quelle: Steiner, Th. (1988), S. 27;

110. Bilstein, Einzelhof in der Gemeinde Beilnwil im Lüssel-Tal, Kanton Solothurn   (Schweiz)
Quelle: Steiner, Th. (1988), S. 27;

111. Bilstein, ehemaliges Schloß in Reichenweier bei Rappoltsweiler, erwähnt Mitte des 13. Jh.s als
Bilestein (Frankreich, Elsaß)
Quelle: Steiner, Th. (1988), S. 27;

112. Bilstein, Burgruine bei Urbeis im Weilertal (Unterelsaß), erwähnt im 11. Jh. als Bylstein
(Frankreich, Elsaß)
Quelle: Steiner, Th. (1988), S. 28; Bilstein, F. (1937), S. 49;

113. Bühlstein S.27, Aussichtspunkt (478 m) östl. von 7765. Offenburg, Baden, oberhalb Albersbach (Baden-Württemberg, Schwarzwald)
Quelle: Steiner, Th (1988), S. 27; Kreutz, G. (2000), S. 27, 28; Vermutl. identisch mit Nr. 108

114. Bühlerstein, (633 m) in 77793 Gutach
östl. Hausach im Kinzigtal, von Huhn (1848 – 1852) noch als "Bielerstein" aufgeführt (Baden-Württemberg, Schwarzwald)
Quelle: Steiner, Th. (1988), S. 28; Huhn, E. (1848 – 1852); Bilstein, F. (1937), S. 48;

115. Beilstein in 71717 Beilstein, Stadt und Burg, erwähnt 1147 als Bilstein   (Baden-Württemberg)
Quelle: Steiner, Th. (1988), S. 28; Bilstein, F. (1937), S. 44; Landesvermessung;
Identisch mit Nr. 7

116. Beilstein PLZ 87647 Unterthingau
(Beichelstein), Kleinsiedlung bei Görisried, Landkreis Ostallgäu, erwähnt 1394 als Pielstain und Biegelstain, vermutlich identisch mit "Beilnstein" bei Huhn (1848 – 1852) (Bayern)
Quelle: Steiner, Th. (1988), S. 28; Huhn, E. (1848 – 1852); Bilstein, F. (1937), S. 50; mit Nr. 5

117. Beichelstein, Alpe auf dem "Senkele" bei 87637 Seeg, Unterlangenegg (Bayern)
Quelle: Steiner, Th. (1988), S. 29;

118. Beichelstein oder Baihelstein, Bergriegel (1169 m) im Tiroler Lechtal bei Stanzach, erwähnt 1183 (in Kopie von 1610) als Bilstein (Österreich)
Quelle: Steiner, Th. (1988), S. 29;

119. Beichlstein, am Nordufer des Plansees bei Breitenwang-Reutte in Tirol nahe dem Jagdhaus Kaiserbrunn, erwähnt 1500 als Pewlstein (Österreich)
Quelle: Steiner, Th. (1988), S. 30;

120. Peilstein, acht "Stellwände" im bairischen Teil von Tirol, Stubai u. Nachbarschaft (Österreich)
Quelle: Steiner, Th. (1988), S. 31

121. Peil(n)stein, elf Namen in Oberösterreich (Bad Ischl u. Nachbarschaft) (Österreich)
Quelle: Steiner, Th. (1988), S. 33;

122. Peilstein (2x), Beistein (2x), Beisteiner (Österreich)
Quelle: Steiner, Th. (1988), S. 33;

123. Peilstein, Burgruine und ehemalige Grafschaft bei Tal, Gemeinde Pöllendorf, Gerichtsbezirk Melk, erwähnt 1119/1120 Comes de Pilstein, später auch Bilistein, Peilstein, Peylnstain, evtl. auch 1142 Bilstein   (Österreich)
Quelle: Steiner, Th. (1988), S. 33; Bilstein, F. (1937), S. 52;

124. Peilstein, (718 m) im Wiener Wald bei Raisenmarkt   (Österreich)
Quelle: Steiner, Th. (1988), S. 34; Bilstein, F. (1937), S. 53;

125. Peilstein, höchste Erhebung des Ostrong nördlich der Donau (1060 m) bei Ybbs   (Österreich)
Quelle: Steiner, Th. (1988); S. 34; Bilstein, F. (1937), S. 52;

126. Peilenstein, Markt bei Cilli, erwähnt 1167 als Pilistain oder Pilstain, ab 1208 Peilstein (Slowenien)
Quelle: Steiner, Th. (1988), S. 34; Bilstein, F. (1937), S. 53; Microsoft;

127. Beilstein, Berg im Hochschwab   (Österreich)
Quelle: Steiner, Th. (1988), S. 34; Bilstein, F. (1937), S. 53;

128 a. Sattelpeilnstein bei 93455 Traitsching
erwähnt 1165 Rapoto und Cunradus von Pilstein, 1194 Bilstein   (Bayern)
Quelle: Steiner, Th. (1988), S. 34; Bilstein, F. (1937), S. 47; Microsoft;

128 b. Regenpeilstein bei 93426 Roding (Bayern)
Quelle: Steiner, Th. (1988), S. 34; Bilstein, F. (1937), S. 47; Microsoft;

129. Beilenstein, Ort in 91275 Auerbach in der Oberpfalz, Landkreis Amberg-Sulzbach,
erwähnt 1119 als Pilenstein (Bayern)
Quelle: Steiner, Th. (1988), S. 35; Bilstein, F. (1937), S. 47;

130. Peichelstein, Bairischer Lechrain, verschwundener Name, vermutl. Grenzpunkt zw. Wessobrunn und Diessen, erwähnt 1158 als Peyhelstein   (Bayern)
Quelle: Steiner, Th. (1988), S. 35;

Peichelstain, Bairischer Lechrain, verschwundener Name, vermutlicher Grenzpunkt zwischen der Ammerbrücke bei Echelsbach und der Halbammer (Bayern)
Quelle: Steiner, Th. (1988), S. 36;

Bilstain, Bairischer Lechrain, erwähnt 960 in einer Marktbeschreibung (Kopie von ca.1065-1070), vermutl. im Tal der Rott, ältester Beleg für das Vorkommen dieses Namens (Bayern)
Quelle: Steiner, Th. (1988), S. 36;

131. Beilstein bei 63619 Bad Orb, Grenzpunkt westl. Pfaffenhausen, Kreis Gelnhausen im Regierungsbezirk Wiesbaden, erwähnt 1059 als Bilstein, nach Meinung des Autors ältester Originalbeleg für einen Bilstein-Namen (Hessen)
Quelle: Steiner, Th. (1988), S. 37;
Identisch mit Nr. 2

132. Bilstain, Belgien, Provinz Lüttich, erwähnt 1145 (kopiert 1157) die Form Bilstein, 1211 Bilesten (Belgien)
Quelle: Steiner, Th. (1988), S. 38; Bilstein, F. (1937), S. 37; Microsoft;

133. Beutelstein bei 76891 Bruchweiler-Bärenbach (Rhl.-Pfalz)
Quelle: Top-50, CD-ROM des Landesvermessungsamtes Rheinland-Pfalz

134. Beilstein bei 97816 Lohr (Bayern)
Quelle: Herr Nieding; Top-50, CD-ROM des Bayerischen Landesvermessungsamtes

135. Beilstein bei 54576 Dohm-Lammersdorf (Rheinl.Pfalz)
Quelle: Jungandreas, W. (1962), S. 51; Top-50, CD-ROM des Landesvermessungsamtes Rheinland-Pfalz

136. Beilstein in 66424 Homburg (Saar) (Saarland)
    Quelle: Herr Karl-Heinz Himmler, Lambrecht, Brief vom 19. 3. 2003; Steiner, Th. (1988), S. 43

137. Beutelstein bei 67466 Lambrecht (Rheinl.-Pfalz)
    Quelle: Christmann (1958); Herr Karl-Heinz Himmler, Lambrecht, Brief vom 19. 3. 2003

-- Peilnstein (Ort in Kärnten)
   Quelle: Bilstein, F. (1937), S. 35;

-- Bielstein (Felsen bei Bad Harzburg)
   Quelle: Bilstein, F. (1937), S. 3   (lt. Auskunft aus Bad Harzburg dort unbekannt)

-- Bielsteinwiese in Stapelburg
   Quelle: Grosse, W. (1929), S. 45
   nach dem in der Grafschaft Wernigerode vorkommenden Familiennamen (Grundakten des Amtsgerichtes in Wernigerode)

Quellennachweis:

Alle Fotos sind aus dem Bestand des Autors.

Alle Karten sind aus open street bzw. open maps übernommen.

Die Übersicht mit der Karte und der alten Auflistung der Bielsteine wurde mir freundlicherweise von Frau Dr. E. Bielstein zur Nutzung und Veröffentlichung überlassen.

Herr H. Immenroth stellte mir ebenfalls dankenswerterweise seine Erkenntnisse und Fotos zum Kalenderstein in Wolfshagen zur Verfügung.

Mehr Informationen zu angrenzenden Themen finden Sie unter

http://www.westerhausen-heimat.de und

http://www.bielstein.jimdo.com und

http://de.wikipedia.org/wiki/westerhausen

Folgende Veröffentlichungen vom gleichen Autor sind bisher erschienen:

Sagen und Geschichten aus Westerhausen und Umgebung
Kinder und Jugendbuch   Verlag: Epubli, ISBN: 978-3-8442-5194-4   www.epubli.de

In kurzen Sagen und Geschichten werden Heimat und Flur um Westerhausen ausgemalt. Die Texte beziehen sich auf die Region und sind auf einer beigefügten Karte gut zu verfolgen. Das Buch passt in die Tasche und ist eine kurzweilige Lektüre für jedes Alter.

Wasser, Bruch und Mühlen von Westerhausen
Sachbuch   Verlag: Epubli, ISBN: 978-3-8442-6833-1   www.epubli.de

In diesem Buch möchten wir auf die Bedeutung der Wassernutzung in der Kulturlandschaft um Westerhausen hinweisen. Wir beschreiben die Bachläufe, Teiche und Mühlen, bevor sie aus dem Gedächtnis verschwunden sind und nur noch Straßennamen an sie erinnern. Wir haben alle dazugehörigen Bereiche mit einbezogen.

Westerhäuser Feldflurnamen und ihre Bedeutung
Sachbuch   Verlag: Epubli, ISBN: 978-3-8442-6836-2   www.epubli.de

Der radikale Umbau unserer Kulturlandschaft hat keinerlei
Platz mehr für die alten Flurbezeichnungen gelassen. Wir haben sie zusammengetragen und mit vielen Luftbildern versehen und Karten zugeordnet. Dadurch sind sie wesentlich übersichtlicher und leichter erkennbar geworden. Der Namensstand bezieht sich etwa auf die Zeit vor 1950.

Wanderung um Westerhausen

Sachbuch   Verlag: Epubli, ISBN: 978-3-8442-6835-5   www.epubli.de

Unser Ort ist uraltes Siedlungsgebiet. Alte Geschichten erzählen davon, Bodenfunde belegen dieses. Flurnamen und Bergbezeichnungen geben uns Rätsel auf, die man heute wenig deuten kann. Die Kulturlandschaft um uns wurde geändert und den Bedürfnissen und Vorstellungen angepasst. Hiermit biete ich hier eine Wanderung, zu Fuß oder nur im Geiste um unseren Ort Westerhausen an. Wir besuchen kleine historische Sehenswürdigkeiten um und im Ort. Für diese interessante Tour sind Wanderhinweise mit angegeben.

Sagen und Geschichten aus Westerhausen Teil 2
Kinder und Jugendbuch   Verlag: Epubli, ISBN: 978-3-8442-6834-8   www.epubli.de

In kurzen Sagen und Geschichten werden Heimat und Flur um Westerhausen ausgemalt. Die Texte beziehen sich auf die Region und sind als Nachfolger des 1.Teiles zu sehen. Das Buch passt ebenfalls in die Tasche und ist eine kurzweilige Lektüre für jedes Alter. Kleine Skizzen lockern den Text auf.

Alles op westerhiesch Platt
Sachbuch für alle Altersgruppen   Verlag: Epubli, ISBN : 978-3-8442-7264-2   www.epubli.de

Seit vielen Jahren sammelt der Autor Texte verschiedener Schreiber aus seinem Heimatdorf in Mundart. So sind von Frau Kießling, Frau Hanse, Herrn Ebert und einigen anderen Texte mit enthalten. Hier sind sie zusammengefasst dargestellt und in einer gut lesbaren Schreibart festgehalten. Es handelt sich um Texte in der hier gesprochenen, ostfälischen Bodemundart. Es sind Texte aus dem Alltag der Westerhäuser mit Augenzwinkern aus alter und neuer Zeit.

Um den Westerhäuser See   Beschreibung einer Wanderung
Sachbuch   Verlag: Epubli, ISBN: 978-3-7375-3180-1   www.epubli.de

Westerhausen war früher von einigen Moor- und Seeflächen umgeben. Ein großer, flacher See erstreckte sich in Richtung Halberstadt zwischen den Hügelketten. Um diesen See geht es bei der Wanderung. Wir werden gemeinsam die Uferregionen finden und auf historischen Wegen diese Niederung umwandern. Wir finden dabei alte Wege und Gebäude und andere interessante Zugaben. Man kann von fast jeder Stelle aus den Königstein sehen. Wir versuchen uns viele Jahre zurück zu versetzen und die alten Zeiten zu verstehen.

Sagen und Geschichten aus Westerhausen Teil 3
Kinder und Jugendbuch
              Verlag: Epubli, ISBN: 978-3-8442-6834-8   www.epubli.de

In kurzen Sagen und Geschichten werden Heimat und Flur um Westerhausen ausgemalt. Die Texte beziehen sich auf die Region und sind als Nachfolger des 2.Teiles zu sehen. Das Buch passt ebenfalls in die Tasche und ist eine kurzweilige Lektüre für jedes Alter. Kleine Skizzen lockern den Text auf.

Durch das Steinholz   Beschreibung einer Wanderung
Sachbuch   Verlag: Epubli, ISBN: 978-3-7375-3181-8   www.epubli.de

Das Waldgebiet "Steinholz" liegt zwischen Quedlinburg, Halberstadt und Westerhausen. Es war früher der Stadtwald, in dem sehr viele Steine gebrochen wurden, außerdem befand sich hier früher eine der wichtigen Feldwarten, die inzwischen zu einem Aussichtsturm umgebaut wurde. Man kann von hier den nördlichen Harzrand bis zum Brocken überblicken. Nach dem Ende der DDR wurde das von den Russen als Übungsgelände genutzte Gebiet wieder zugänglich. Es hatte aber in dieser Zeit sehr gelitten. Heute ist es ein Naturschutzgebiet mit einem Kernbereich als Totalreservat.

200 Jahre Schützengesellschaft Westerhausen Schützenchronik
Sachbuch   Verlag: Epubli, ISBN: ISBN: 978-3-7418-06612   www.epubli.de

Die Geschichte der Gesellschaft, die Bedeutung und ihre Aktivitäten werden beschrieben und in Fotos dargestellt.
Besonderer Wert wurde dabei auf die letzten 50 Jahre gelegt.
Die Chronik ist auch im Handel erhältlich, wird aber auch von der Schützengesellschaft selbst vertrieben.

Der Königstein und seine Geheimnisse
Sachbuch   Verlag: Epubli, ISBN: 978-3-7375-82759   www.epubli.de

Der Königstein ist der Hausberg von Westerhausen Seine rätselhaften Sonnenscheiben, der Weinbau, die Sonnenbeobachtung und das alte Osterfeuer, all das sind Begriffe, die zu diesem Berg gehören. Besucher nennen ihn aber einfach Kamelfelsen, weshalb das alles? Die Abschnitte des Buches beziehen sich auf nur diesen Berg und sind auf beigefügten Karten und viele Fotos gut zu verfolgen. Es ist keine Sammlung alter Veröffentlichungen sondern im Wesentlichen neue Betrachtungen der alten Themen und Sachlage

ISBN 978-3-7418-1910-0

www.epubli.de